# 拾穗

野墨菊 著

时代出版传媒股份有限公司
安徽文艺出版社

**图书在版编目（ＣＩＰ）数据**

拾穗 / 野墨菊著. -- 合肥 ： 安徽文艺出版社，
2025. 1. -- ISBN 978-7-5396-8116-0

Ⅰ. I267

中国国家版本馆 CIP 数据核字第 202445M34A 号

**拾穗**
SHI SUI

出 版 人：姚 巍
责任编辑：王婧婧                 封面设计： 李 超
...............................................................................
出版发行：安徽文艺出版社     www.awpub.com
地     址：合肥市翡翠路 1118 号     邮政编码：230071
营 销 部：(0551)63533889
印     制：永清县晔盛亚胶印有限公司 (0316)6658662
...............................................................................
开本：700×1000   1/16   印张：13   字数：160 千字
版次：2025 年 1 月第 1 版
印次：2025 年 1 月第 1 次印刷
定价：69.50 元
...............................................................................
(如发现印装质量问题，影响阅读，请与出版社联系调换)

# 目录

## 山那边有海

脚下有乾坤

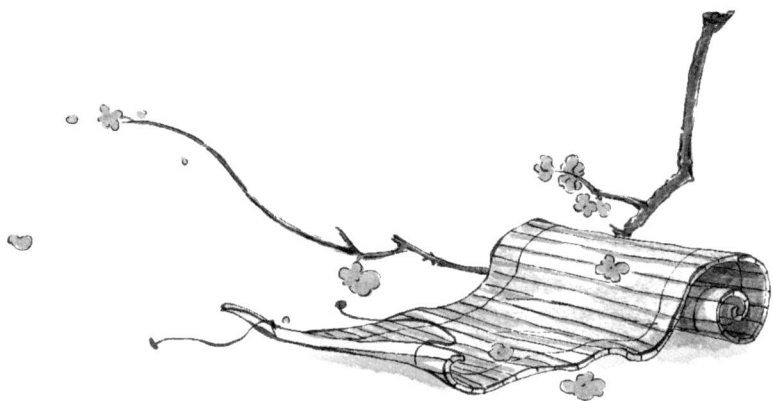

思念有声

# 致 母 亲

母亲节，我拿什么送您——我亲爱的母亲。

送您一束滚动着露珠的康乃馨？我猜想，您也许不熟悉这花名。您喜欢菊花、金银花、蒲公英……采下它们的花瓣，换取柴米油盐，一瓣一瓣，缀成儿女衣衫。

送您一张新上映的电影票？我记得，您一生没进过影院。您所有的"娱乐"，是准备子女的一日三餐。您起早贪黑，看惯了无幕的电影——风霜雨雪、雾霭山岚。

送您一枚足金的戒指？我知道，您从不戴首饰。您头顶草帽，肩挎竹篮，披一身星光和月光，是一年四季的装点。

我没有了答案。

风儿吹动窗棂，声音嚓嚓。新熟的麦香，解我之难。用麦香卷裹黄表纸，再将油菜秸秆点燃，熟悉的味道，母亲会喜欢。

风儿吹动窗棂，声音嚓嚓。鸟儿叼着初放的栀子花，立在屋檐下。恍惚间，我看到了您，满脸皱纹，松弛了下巴。洁白的栀子插在发髻，芬芳淡雅。

3

　　风儿吹动窗棂，声音嚓嚓。母亲来了，于我耳旁细话："二丫，咋又胡思乱想？妈不需要啥。你过好了，我含笑九泉下。"

　　风儿吹动窗棂，声音嚓嚓。上苍在说话："母爱伟大，感恩阳光，用丰收报答。"

　　风停了，泪雨哗哗……

# 忍　　冬

雪不知什么时候来的，又悄悄走了。地上长出了"鹅绒"，薄薄的一层。人、鸟、兽所到之处，留下了一幅画——罗特列克笔下的素描。天空是靛蓝加白色调出的明丽。风在画与明丽间跑着，呼着，不知说了些什么，画便跟着风走了，留下湿漉漉的地面、清冷的冬。

我在清冷中走着，走到一家花店。花店里绿意盎然，我的心仿佛受了刺激，隐隐地痛。这痛像蠕动的虫，顺着神经爬，爬到眼眶，眼眶热热的。

葱茏中一盆桃叶红的藤蔓格外惹眼。我走近，托起挂着的标签：忍冬。忍冬，我默念着，世间一切所遇，真的是上帝的安排？此时的冬，那年的冬，于我，岂不是一把刀插在了心上？

仔细端详，屈曲盘旋的藤蔓间张扬着一簇簇小小的红色花苞，棒状，上粗下细，略弯曲，像无数个惊叹号倒立在藤叶间，植物世界里也有喜怒哀乐。

忍冬就是金银花，我见过的金银花，或黄色，或白色，却没见过红色的。

最初走入我记忆的金银花，不是开在藤蔓间，是开在母亲手下。

一个初秋的下午，天下着雨，雨顺着瓦槽向天井滴落，每一滴雨都踩在前一滴雨的脚印上，我看得发呆。母亲也坐在天井边，她穿着一套洗得发白的衣服，衣服上打满了补丁，那补丁就像开在衣服上的花，看不出缝补的针脚。她在绣花，给二奶奶绣的。二奶奶老了，绣不了花、做不了鞋了，又没有子女，母亲便为她绣花、做鞋。母亲绣的花，黄的灿烂，白的耀眼，好好看。

长大了，我读到诗句："记取南园曲径前，忍冬花下坐凭肩。"诗的画面、意境让我想起母亲绣的金银花，想起母亲绣花时的姿态，心里涌起感动：在我心里，母亲是最美的。母亲39岁生我，我记事时，她已做奶奶了，但仍然很美丽。她有一件蓝司林布的褂子，一条黑司林布的裤子，平时不穿，给村里人迎亲时才穿。母亲穿上这套衣服，格外端庄大气，就像画中的人。电视剧《大宅门》播放后，大家都说母亲像斯琴高娃。我也觉得像，只是母亲比斯琴高娃更白皙。我想，母亲如和喜欢的人坐在盛开的忍冬花下，会羞得忍冬三年不开。

真正走近金银花是我六七岁时。

一个细雨绵绵的日子，母亲带我去摘金银花。山上雨雾茫茫，看不清树，看不清藤。母亲带着我向白亮的地方奔。藤蔓、荆棘像和母亲做着游戏，拽着她，拉着她，把她的裤腿拽裂了，手也拉破了，血和着雨水流……我心疼地看着母亲，母亲担心地看着我，解下围裙，扎在我的头上，她是怕我的脸被荆棘划破。

奔到白亮处，才知道那是一树花：开在藤蔓绿叶间的花。藤是泥黄色的，三四条缠在一起，像根辫子。葱翠的叶子间是满眼的花。盛开的，花瓣似雀舌，向外翻卷，花瓣上的小雨滴，欲落未落，颤动着。花蕊好细好细，顶着橙黄色的小颗粒，让我想起母亲胸前的那颗小红痣。没开的，火柴棒一般，两根一簇，挤挤挨挨。我呆呆地看着花，看着母亲。母亲双手微攥，拇指掐着食指在藤叶间穿插，像采茶……一会儿工夫，藤上只剩下一些"火柴棒"了。我不解，问道："妈妈，为什么只摘花不摘花苞?"母亲看看兜里的花，又看看藤上的花苞，哀叹道："唉，好歹让它开放一次。"长大了，我才知道，妈妈爱花，惜花。一个惜花的人，亲手采花，是多么无奈啊。采回花，母亲顾不得换下湿衣服，就支火，烧炭，烘花。母亲说，摘一季金银花能保我一学期的笔和本子的费用。母亲的话把我的泪水讲掉下来了，难忘的一幕又浮现在眼前——

上学的第一天，我背着母亲亲手做的书包去上学，被父亲拦在了门前。他拽下我的书包，掼在地上："×丫头念什么书?"父亲瞪圆双眼，吓得我直打哆嗦，"念再多的书，还不是人家的人!"母亲闻声从厨房赶来了："人家的人? 没有我这个人家的人，哪来这个家?"母亲边捡书包边说，"丫头将来要嫁人，就更要念书，念书识字，才能为自己做主，才不会和我一样过睁眼瞎的日子。你怕她吃闲饭，我省给她吃；她念书不用你掏钱，我来挣……"

妈妈就是这样靠一双手摘金银花、采野菊花供我上学。

我工作了，第一次拿到 30 元工资，全交给了母亲："妈，我们有钱了，您不要再满山遍野采金银花了，好好过幸福日子吧。"母亲接过钱，脸上掠过一丝猜不透的神情："多大了，还这么傻乎乎的。有了钱，就能过幸福日子？"我不解。

一次，我生病了，到医院买药。药师正在抓中药，面前放了四五张处方，一些中药的名字很有趣：卜芥、川芎、忍冬……青黛、赤芍、忍冬……咦，怎么每张处方上都有"忍冬"？我很好奇，便问药师。药师说，忍冬就是金银花，性味甘、寒，入心、肺、胃……能调节人体内的失衡。

看着药屉里淡黄的金银花，我又想起了母亲，想起我的家。

我家十几口人一起生活，里里外外都靠母亲料理。俗话说，穷吵富安，因为生活拮据，家里难免争争吵吵，尤其是我的五个嫂子之间总是疙疙瘩瘩，没少让母亲操心。

记得一年年三十，雪下得很大，装满了天井。母亲早早起来，她要为辛苦一年的家人做一顿肉团挂面。肉团挂面做好了，一家人陆续起床了，就是不见几个嫂子出房门。母亲在锅前转来转去，她知道，三嫂和四嫂之间又闹别扭了。怎么办？大年三十的，咋讲，也要图个和气。母亲撩起围裙擦了擦泪湿的眼睛，依次走进三嫂、四嫂的房门……母亲就是家中的金银花，调和着冷暖，调和着生活，调和着光阴。

母亲也许懂金银花，暮年，栽起了金银花。

深冬的一天，我坐车到家已是傍晚，母亲却不在家。我屋前屋后找，在老屋西边的山坡上找到了母亲。她正在挖坑，旁边放着带根的金银花藤。我埋怨道："妈，这山坡土瘦，又缺水，怎么能栽活？即使活了，又能采摘多少花呢？"母亲叹口气说："唉，我老了，就不能上山摘金银花了，只能到山坡来看看。"说着转过身，指指老屋说，"你看，这里正对着后门，我到了走不动路的时候，也能靠着门看……"我心中一阵酸楚。

母亲仿佛先知先觉，几年后，她真的老了。心血管病一到冬天就犯，山里医疗条件差，我很是担心。我劝她到城里和我一起住，她总是说："没事的，忍过冬天就好了。"我很不理解，甚至责怪她思想封建，把女儿家看成了外人家。

后来，我有了孩子，经历了生活的磨难，再想想母亲，也许，她并不封建，而是常年的艰难生活造就了她忍的品格。母亲养育9个儿女，不就是一年年地熬，一年年地忍，熬过来，忍过来的吗？

20世纪50年代末，吃大食堂。父亲不太顾家，常常一个人在食堂吃饱了，把剩下的饭票往桌上一扔就不管了。母亲面对6个孩子、一个双目失明的婆婆，好生为难，总是到食堂把饭或粥打来，再用水稀释……就这样，也难以养活全家。一次，五哥饿得晕过去了，两天两夜没醒，父亲认为五哥死了，用席子一卷……母亲不舍得放弃，趁夜间偷偷钻进公家的麦地，不料踩到了农人下的野猪套子，铁钩深深地钩进母亲的腿中，她咬着牙，拔掉铁钩，捋下灌浆的麦穗，碾出浆汁，救活了五哥……

2000年的冬天，太冷，太冷。母亲没有忍过，12月25日、农历冬月三十，走了。

那天，天刚亮，卧床半个多月的母亲坐了起来。她靠着床头，神情安详："二丫，今天天晴吧，你拿梳子给我梳梳头。"我一边答应，一边拿来梳子给母亲梳头。母亲仿佛很精神，说了很多话："世上没有第一，凡事不要太要强，你也是快 40 的人了，脾气要改一改，与人共事能忍就忍，做女人的，哪个不是一辈子忍过来的？……"头梳好了，母亲拿过镜子照了照，脸上显出从未有过的神情：平静，安详，又略带几分满足与自怜。我感到母亲是那么美，那么可爱，情不自禁地搂着她的脖子，吻着她的脸……谁知，这竟成了我对母亲的最后一吻。

今天，也是 12 月 25 日、冬月三十。这个日子 19 年才轮回一次，是母亲真正的忌日。我本想买一束白菊去看她，既然母亲一生喜欢忍冬，就买这盆忍冬吧。也许，天堂里的忍冬就是红色的。忍冬，感知了我的心思，让我嗅到了淡淡的清香。

我捧起忍冬，走进风里……

# 老　屋

　　昨晚，我做了一个梦，梦见一片竹海。风是弄潮儿，在竹海中出没、翻卷，竹海便潮起潮落，落下的一瞬，露出了灰瓦白墙的一角——老屋。

　　老屋坐西朝东，西面是起伏的竹海，东面是连绵的山峦。早晨，太阳从山的那边爬上山顶，用温暖的目光看着老屋。倘若雨后天晴，山中水汽袅袅，似云似雾。树与云与雾糅在了一起，美轮美奂。东西之间是一条由南往北流淌的河，站在家门口，看不到河的全貌，只能听到河水流淌的哗哗声。

　　老屋建于20世纪70年代末。那时，山里人家有余款的屈指可数，我家却有上千元的存款。父亲宁肯看着家人受冻挨饿，也要存钱，且只存，不取。别人都觉得父亲古怪。母亲明白，父亲要盖一所向往已久的房子——四合院。

　　1979年初，父亲取回了存款，开始盖新屋。地基垒得很高，上三步台阶才能跨过门槛。台阶是用整块石头凿成的，宽5.16厘米，长21.6厘米，厚2.16厘米。这三步台阶，大约是父亲取其

"顺顺利利"之意吧，可见父亲的用心。门墩也是用整块石头凿成的，圆柱体，像"斗"，立在门的两旁，取意"日进千斗"吧。

进门便是天井，四周用整块石条围成，内墁鹅卵石。天井南北是通往正屋的走廊。正屋比走廊大约高出两步台阶。站在走廊能看到四角的天空。遇上大雨，屋顶上的水从四角向下流，白花花的，像龙头伸进天井。天井的水渐渐上涨，也有漫过走廊的时候，雨停，水退，走廊上便有薄薄的一层泥，泥上有零星的枯叶，粘贴画一般。正屋南北各有两间厢房，三哥住北头，四哥住南头。

新屋，建成了。

父亲的心便留在了新屋，常常独自一人来到新屋，双手背在佝偻的背后，走上台阶，跨过门槛，在屋子里转悠一圈，然后倚着门，坐在台阶上，掏出一支烟，点着，看着东面的群山，若有所思……

路过的人总要夸房子盖得讲究，父亲却重复着一句话："唉，不是依山向，就往西再进两丈，盖成老粮站的样子，那才叫讲究！"

老粮站是标准的四合院建筑。母亲经常说起，它原是一户储姓地主家的宅院。父亲6岁时，爷爷去世了，人生重创改变了父亲的命运。父亲和奶奶乞讨两年，便在储家当了童工，一当就是6年，直到赎回田地。

土改时，储家的宅院成了公家粮站。说是粮站，却没有粮食存放，里面空空的。也许是6年结下了情感，也许是别的，父亲一有空，就到空房子里转悠，直到四合院里存放了粮食，上了锁。

母亲说，四合院是父亲心中的梦。

父亲的梦没有实现，却遭遇了人生第二次重创。

四哥进新屋不到一年就染病在身，两年后，去了。四嫂相思成疾，也随之去了。三哥搬出了新屋。

新屋，空了。

风水先生说新屋的门向不好，要拆。父亲母亲不肯，带着四哥四嫂8岁的女儿住进了新屋。

母亲在屋前屋后种上菜，栽上花，在家下面的荒地上种上茶，在屋西角圈起了鸡笼、鸭笼，养起了鸡和鸭。我劝母亲养养鸡就算了，鸡安分，少操心。母亲说："鸭子通人性，出门进门，嘎嘎地唱歌，热闹。"

母亲一早起来，第一件事就是打开鸡笼、鸭笼。鸡在场地上起舞，打鸣；鸭子蹒跚踱步，嘎嘎地唱歌。新屋在鸡鸭的和鸣声中有了生气。

父亲一闲下来，就背着手，绕着新屋转悠。路过的人都说父亲中年丧子，疯了，父亲不予理睬，仍自个转悠。转悠，转悠，屋后山上的树砍了，种上了竹子；北面的山嘴挖平了，栽上了桃、枣、柿等果木。

新屋在父亲母亲的手中，慢慢走出凄凉，走进温馨。

我是在新屋出嫁的。至今还记得，我穿上嫁衣，由大哥背着，出厢房，绕正屋，在鞭炮声中出了大门，那一刻，我第一次有了对新屋的依恋。

后来，我有了孩子，一到暑假，就带着孩子回新屋避暑。泥墙的房子冬暖夏凉，再加上日照时间短，尽管是六月天，晚上睡觉也得盖被子。孩子特别喜欢新屋，白天，捉虫子，捕蜻蜓；晚上，数星星，追萤火虫。新屋承载了孩子童年的许多欢乐。

一晃，新屋变成了老屋，父亲母亲走进了古稀之年。

2000 年 12 月 25 日凌晨，母亲握着小哥的手，目光拂过四周的墙壁，流下了最后一滴泪……

小哥明白母亲的心思，搬进了老屋。

近年，美丽乡村建设兴起。政府补贴村民，拆土墙小瓦的房子，到指定的地点盖楼房。这一政策意味着竹林深处的老屋就要没了。

小哥坐不住了，像当年的父亲一样天天围着老屋转，转不出主意，便转到政府。转了几十趟，文化局的人来了，围着老屋拍照，还给 94 岁的老父亲拍了照……

老屋，留下来了。父亲却走了。

节假日，我依旧带着孩子回老屋。走进老屋，我能听到母亲叫我的乳名，能看到父亲为我做棒槌的身影……我从心里感激小哥。

村里的人却说小哥傻，放着补贴款不拿，放着楼房不住，偏守着淘汰的土房子。小哥不语，只是有事无事就在老屋周围捯饬，南边沿小路两边栽上了映山红、山樱桃，北边山坡栽满了玉竹、香椿，屋檐下砌上了花坛，栽上了月季、虞美人、菊，沿场地东边植上四季青、紫藤、桂花，屋内天井的四周摆上盆景，以兰花居多，辅以其他。

老屋，一年四季生机盎然。

春天，花开枝头，蜂蝶围绕，茶园的茶嫩头攒动，春意融融。

夏天，绿色葱茏，枝头青涩的果子与园里碧绿的蔬菜交相辉映；绿竹从天井投下倩影，在走廊上写着诗，光阴将诗分行，长短错落，留给老屋品味。

秋天，宝石似的枣、灯笼般的柿压弯树枝，鸟儿落满树，啄着果实，欢喜地唱个不停。

冬天，繁华落尽，下雪了，老屋静卧在雪中，水墨画一般。屋后的竹子驮着厚厚的雪，匍匐在屋脊上。雪使老屋生出一份静谧、一份春意。因泥土房子保暖，天井通风好、湿气大，盆里的兰草出落得格外靓丽，绿叶中有肉红的"剑"冒出，叫人窥到了春的娇羞……

老屋，成了仙境。

仙境般的老屋迎来了四方观光的游客，他们来此休憩、拍照……为了方便游客，小哥小嫂便开起了农家乐。小嫂烧菜的手艺好，卤菜的手艺更好，方圆十几里的乡邻都喜欢吃她做的卤菜。游客为了品尝多种美食，常常拼餐，八九人、两三家一桌。

春天，品尝香椿炒蛋、烟熏猪头肉、新韭炒香菜、蒿子粑粑……大饱口福。

夏天，现卤的猪舌、猪耳、猪肚，青椒炒河鱼，再从菜园里采回时令蔬菜，凉拌，爆炒，一桌菜活色生香。

冬天，游客赏雪归来，拍拍身上的雪，围桌而坐，桌子下燃

15

烧的木炭便送上热烘烘的温情。游客一边喝着主人新沏的茶，一边欣赏着手机里的美景，一任温馨把冬天撵得老远，老远……

一炷香的工夫，菜上桌了，四五个热锅子，十来个盘子，把桌面摆得满满当当。老鸡汤的鲜、红烧牛肉的辣、干菜烧土猪肉的香，醉了游客，醉了冬。

游客高兴，小哥更高兴。每次送走客人，他都站在场地上，双手拢在胸前，看着老屋，看着老屋前后的竹树花草，一种满足感顺着皱纹爬上脸颊，爬上眼角……

每每这时，嫂子都要埋怨小哥："别人开农家乐，数钱开心，你没赚到钱，赚一忙，开什么心？"

也许，我懂小哥，他的满足缘于母亲临走前的一滴泪，缘于父亲一生的付出与守候，缘于……

竹海深处——父亲的老屋，我的根。魂牵梦萦……

# 像与不像

周末，回家看望 93 岁高龄的老爸。令我惊讶的是，我看到的老人，竟然不像老爸。五一回的家，也就隔了一百来天，我竟认不出他了。

去年，他来我家，我常陪他在小区里转悠。看到老爸的人都说他气色好，身子骨硬朗，看不出已经 92 岁。是的，在我的记忆里，老爸一直红光满面，两眼炯炯有神，也许是太直率了，喜怒哀乐总是挂在脸上。

小时候，我一直觉得他不会笑，看到我总是瞪着眼，铁青着脸。近年来，老爸变得慈祥了，会笑了，常常笑意盈盈。

可是，这一次，我看到的是一个身体羸弱、面色憔悴、目光呆滞的老人。他体态很瘦，本来合体的衣衫，穿着像裙；体质也差了，走路要扶着墙壁；精神很颓唐，总是长时间低着头，盯着地面，不言语。眼前的老人，真的不像老爸，不像老爸！意念中的否认伴着泪水簌簌而下……

那一年，母亲 77 岁。一向健康的她，突然病倒，卧床不起。

17

哥哥嫂嫂着手为母亲准备后事。我不以为然。在我心中，母亲是最坚强的，生命力也应该是最顽强的，不会轻易放弃。可是，一周后，顽强的生命停止了呼吸……

那一年，大哥 56 岁。意气风发的他，突然中风，医生说他可能会成为植物人。我不相信。在我心中，大哥是那样多才多艺，那样热爱生活，怎么会长睡不醒呢？可是，他真的一直没有醒，也永远不会醒了。为什么现实总如此残忍地对待我？

痛苦中，我想起了一位比我年长的大姐那张陌生而又熟悉的脸。一天晨练，我倚在湖栏杆边做运动。她隔着一段距离，静静地看着我。我运动了一个钟头，她竟然看了一个钟头。我知道自己的动作不具欣赏价值，她为何不惜眼力呢？我停止运动，向她走去……她手足无措地说："对不起，其实，没有别的，只是因为你太像我妈妈了。"

如果说，那天那时，我还不能理解一个陌生姐姐的话语；那么，此时此刻，我与她感同身受了。我觉得老爸不像老爸，我想找回从前的老爸，哪怕是那个瞪着眼、铁青着脸的老爸。那个姐姐明明知道我不是她妈妈，却长时间地看着我，她是想在我身上安放思念，或许，想从我身上找回自己意念中的妈妈。

"像"与"不像"意思相反，但在情感的词典里是同义的——流淌在血液中的情。

许多年后，我成了我的"老爸"。某一天，我的儿子看到我，他也会撕心裂肺地痛着，难以置信地摇头："不是！不是！"许多年后，我离开了人间，儿子或许也会长时间地注视着一位比他还年轻的女人，只是因为她"太像!""太像!"。

我不敢想下去。生命太脆弱，经不起时光打磨；亲情太脆弱，经不起容颜改变。

# 思念有声

深秋的午后，下着小雨，我的心也被雨织着，湿透了。我走近书橱，想找本书，给心晒晒太阳，一伸手，触到两本毛边的书——父亲读过的书。我想起父亲，想起父亲读书时的样子，耳畔便响起"喔喔咿咿"声。

2016 年的冬天，我把九十有三的父亲接到了身边，了却了我多年来的愿望。只是我要上班，不能在家陪父亲。上班前，我为父亲打开电视，泡好茶，叮嘱他不要急，一下班，我就回来。可是，只上了一节课，我就心神不定，想着父亲是不是摔了跤，便焦急地往家赶——家里，电视开着，却不见父亲，我心中一惊，三步并作两步走向书房，推开门，阳光扑了个满怀，父亲坐在窗前的光里，背朝着门，身体向前微倾，嘴里"喔喔咿咿"……父亲在读书，他左手拿着书，右手微攥，伸着食指，在指读。那认真的劲儿，酷似在老师监督下读书的小学生。他一行一行地指读，食指好不容易移到了书的右下角，却又慢慢地移回书中间，再读。我的心湿润了，不忍心打扰他，悄悄退出书房……

吃饭时间到了，我走进书房："爸，吃饭了。"父亲震惊地回过头，一脸愧疚，但并不急于起身，小心地将书折页，合上，一手摁着，一手用力地从书的下角抹到上角，抹来抹去，仿佛要抹平心中的某种不适，却又无能为力。我的心被慢慢掀开的记忆戳疼了，微微的。

在我幼小的记忆中，父亲是一个粗人，脾气暴躁，不曾读书，也不喜欢别人读书，见我读书就没好脸色。一次，我把饭焖好了，便坐到灶后读书。正读得入神，啪的一声，一只碗碎在我的脚前。我一抬头，父亲怒目圆睁："看书，看书，你今天就吃书去。"说着，上前一步，夺过我手中的书，撕了……

委屈的泪水顺着我的脸颊往下流，一滴，一滴，落在衣角上。衣角湿了，我的心也湿了。潮湿里有对书的不舍，有对父亲的怨恨……不过，这种怨恨早被岁月模糊了。不曾想到耄耋之年的父亲也会拿起书本。

父亲爱上书，爱上阅读，是在母亲走后。约莫是 2002 年吧，一天，小哥来电话说父亲病了，我立马回家。一到家，看到父亲坐在天井旁的竹椅上，手里拿着本书，正"喔喔咿咿"地念。我很惊讶，从不读书的父亲怎么读起书来了？小哥看出了我的不解，把我拉到一旁，叹息道："唉，老爸不是原来的老爸了，自妈妈走后，整天不开笑脸，也很少说话，像掉了魂似的。除了在两间厢房（父亲的卧室、母亲生前的卧室）来回转悠，就待在房里'喔喔咿咿'，哪怕一张纸片，他都要把上面的字读完……"

小哥的话针一般地刺着我的心，母亲病重时的情景又浮现在我的脑海：母亲躺在床上，面色如灰，她知道自己的时日不多了，交代了我很多事。最后母亲抓住我的手，目光移向床头的闹钟："二丫，我走时，把这个闹钟给我带着。多少年了，它一直陪着我。你出嫁了，接着，你侄女也出嫁了，我整宿整宿睡不着，就起来看着它，看它一圈一圈地转，一圈一圈地转，总能把天亮转来……"

父亲手上的书，不就是母亲眼里的闹钟吗？母亲走了两年多，父亲的心空了，日子就长了。他用阅读来填充空了的心，缩短长了的日子。

我含泪走近父亲："爸，我回来看您了。"父亲微微抬起头，点了点，又读起书。这时，我看到他浮肿的脸、腿和脚，心疼地夺下他手中的书："爸，您都病成这样了，怎么还读书？"他摘下眼镜，看着我手里的书，眼里满是委屈和哀伤，抿抿嘴，像要说什么，却没有发出声音，微微地低下头，一声不吭，像个无助的孩子。我伸手拉他回房休息。他甩开我的手，慢慢站起身，挪动脚步，挪到饭桌前，停下，扶着桌拐，拿起桌上的药物说明书，凑到眼前："喔喔咿咿……"这情景狠狠地剜着我的心，难忘的一幕在泪光中清晰——

那是入秋后的一个下午，雨，像个纺织娘，在天地间纺织，把天与地织在了一起。屋内黑漆漆的，母亲坐在天井旁，就着微弱的光做针线。父亲依桌而坐，面对着母亲，摸出烟袋，在桌拐上磕了磕，从袋子里撮一小撮烟叶，捻了捻，揉进烟锅，划着火柴，点上，很享受地"吧吧"两下，便将烟袋移开嘴唇，絮叨起来，前三百年后五百年地絮叨……絮着，絮着，父亲声音颤抖起来，母亲放下针线，撩起褛襟抹着眼泪……不谙世事的我，以为父亲说了不该说的话，伤了母亲的心，便对父亲翻着白眼。父亲停一停，接着絮叨，声音渐渐洪亮起来。母亲的脸色也变得温暖，手里的针线飞走着……我也跟着快活起来，从线团上抽出线，在小手上绕来绕去……

一天，一年，也许是一辈子，父亲习惯了絮叨，母亲习惯了倾听……现在，母亲走了，父亲仍絮叨——"喔喔咿咿"。

我不再劝他休息，把书还给他，听他"喔喔咿咿"。

父亲的状态牵挂着我的心，我隔三岔五地回家看望父亲，但并不能排遣他的孤独。

深冬的一个周末，我又回家了。一到家就走进父亲的房间，父亲不在。桌上的书翻开着，父亲一定没走远。我瞟一眼书，是我写给母亲的文字（《妈妈，你听见了吗?》）。父亲读我的书，我有点小得意，便情不自禁地读起来。一篇读完，父亲仍没回房，我似乎明白了，拔腿往后山跑。跑上山冈，我惊呆了：父亲披一身夕阳，坐着，面朝母亲坟头。一旁燃着草纸，火光融在晚霞里……温暖而又凄凉。我轻轻地走到父亲背后，父亲正"喔喔咿咿"……酸楚一下子堵塞了我的喉咙，我说不出话来，一任泪水流下，流下……一阵风起，纸灰像失血的蝴蝶，一只一只，落在母亲的坟头。渐渐地，纸灰的颜色由灰白变得深黑，像泪的洇痕，一点点，一圈圈……父亲的声音也变得微弱，脊背震颤着。透过父亲震颤的脊背，我看到了一颗被泪水洇湿的、空荡荡的心。我打了个寒噤，强忍着悲伤，俯身握住父亲的手。父亲的手滚热滚热的，他一定是和母亲絮叨到了激动处，热血奔涌。

夕阳被暮色吞没了，凉气从脚下往上蹿。我帮父亲整了整衣袖，拉着他回家。他一步一回头，眼里有掩饰不住的缠绵……

晚上，嫂子做了一桌子菜，我们兄妹几个围着父亲，陪父亲喝酒。父亲喝了一小杯酒，吃了半碗饭，就下了桌子，慢腾腾地走进房间，"喔喔咿咿"……父亲脆弱了，脆弱得经不起热闹。他的精神世界里只有"喔喔咿咿"，抑或他只能在"喔喔咿咿"中安放孤独的心。

为了父亲读书方便，我特意在书房为他铺了床。他看到一书橱的书，很开心，整天"喔喔咿咿"，读书成了他心灵的追念。

至今忘不了那个傍晚，橘红的光笼罩着阳台，父亲沐浴在橘红的光里，他拿着书的手颤抖着，书上的文字在夕阳里跳动："十年生死两茫茫，不思量，自难忘。千里孤坟，无处话凄凉……"父亲被书中内容触动了，深情地眺望着远方，一双浑浊的眼睛充满忧郁、悲伤，但又有一种不可理解的美和力量。我顺着他的目光看去，夕阳挂在西天，将云彩染成柴胡花开的模样，烂漫着，明艳着……我两手合拢，放在胸前，默默祈祷，祈祷晚霞把父亲的思念传送，传送到老家的后山……

2018年2月4日10时40分，父亲追随母亲去了。最后的时光，父亲不能言语，所有的心思都攥在手里，噙在眼中。他躁动不安，两手在被子上、枕头下不停地抓，不停地抓……一把一把，抓着我的心。我慢慢掀开被子，怔住了：床上东一张，西一张，都是有字的纸片……我一张一张捡起、叠好，放进父亲的手里。父亲紧紧地攥着，攥着。他要攥着这些，到那边对母亲絮叨吗？我不知道。父亲安静下来了，目光抚摸着房里每一个人的脸，最后抚摸着桌子，抚摸着桌上放着的一本本书——父亲的脸上浮现一丝灵光，眼，慢慢合上了……

　　我小心翼翼地拿起两本毛边的书，翻着，"喔喔咿咿"的声音不绝于耳……

# 最后的陪伴

父亲离开我们已整整 19 天了。在这 19 天里，我总是时时想起他，想起他痛苦的叫喊，想起他无助的眼神，想起他那双渐渐凉了的手……

父亲于 2018 年 2 月 4 日辞世，享年 95 岁。对于父亲，我一直是敬畏的。从刚刚记事，到知天命之年，我从不敢和父亲说一句重话，也很少和父亲谈心，甚至没有摸过父亲的手……可是，最终，他的手竟在我的手中渐渐凉去……

2 月 1 日 9 点 11 分，我接到小哥的电话，说父亲早晨摔了一跤，状况不好，还说父亲要我回去见他最后一面。我心里涌起的感情很复杂，激动、担忧、悲伤一起涌上心头。父亲觉得自己状况不好时，第一个想到我，可见父亲是爱我的。一辈子的疑虑一下子有了答案，我激动；天气奇寒，对于 95 岁高龄的老人来说，本来就是一道坎，又摔了跤，生死未卜，我无法不悲伤。

结束通话，我就奔向商场和药店，为父亲买衣买药。我的意念中，父亲是坚强的，包括他的生命。记得母亲 77 岁时走了，那年，父亲也 77 岁，我伤心的同时又担心父亲。父亲平静地对我说："你不要担心我，我能活到 90 岁。"77 岁与 90 岁，毕竟相差十几年，我不敢轻信。母亲走后，父亲就走进了我的心里，我时时惦念，常常回家，担心他会和母亲一样撒手而去。但，日复一日，年复一年，父亲健康地度过了 90 岁。就在他 90 岁生日时，他又悄悄地告诉我："丫头，你不要老是往家跑，老想着我，我还有得活呢，我能活到 100 岁。"我坚信父亲的话，更不愿怀疑。

下午 5 点整，我赶到了家。父亲坐在板凳上。"爸爸，我回来了。"他已神志不清，反复念叨："花掉许多钱，干四（音，意为'干什么'，下同）呀？"我强忍泪水，又喊了一声："爸。"他用浑浊的双眼看了看我，又说："花掉许多钱，干四呀？"我已泣不成声，全身抖了起来。爱人急忙拿出药对父亲说："爸，这是特效药，吸了就会缓解胸闷。"爱人说着便把药瓶对准嘴示意给父亲看。父亲伸手接过药瓶对准了自己的嘴……可见，他尽管神志不清，但仍没有放弃生的欲望。

我们强制性地让父亲躺上床，他一个劲叫着要起来。直到此时，我也不明白，父亲当时心里是怎样想的，他是否知道自己躺下了就再也起不来了呢？想到这，我很后悔，后悔不该硬让父亲躺下。父亲躺上床，我打了热水给父亲洗脸洗手。这是我第一次为父亲洗脸洗手。父亲要强，95 岁了，却从不示弱。有时，我看他走路吃力，伸手想扶他一把，总会被他拒绝。这一次，他没有拒绝。我用温热的毛巾，轻轻地擦拭他的额、他的脸、他的手……他静静地看着我，好像很享受，又好像很陌生。父亲的样子让我感到心酸，愧疚，55 年了，我还是第一次为他做这些。我的泪滴在毛巾上，滴在脸盆里，滴在最柔软的地方。

晚上，我们一直守候在父亲床边，可他渐渐进入了弥留状态，双手乱抓，话语不清……

第二天早晨，我打来热水为他洗脸，他竟仇恨地看着我，双手抓住我不放。我知道父亲已不认识我了，看他那恐慌的样子，仿佛我要谋害他似的。我只好放下了毛巾，端来熬好的米汤，用勺子喂父亲。我喂一勺，他吞一勺；我喂一勺，他吞一勺。我用了好长时间才喂他喝下一纸杯米汤。

父亲已 24 小时没闭眼了，时而痛苦叫喊，时而用浑浊的双眼打量着身边的每一个人、房中的每一件物。我知道，他舍不得他的儿女，舍不得和他朝夕相伴的一书、一桌、一椅、一凳。当我不在他的身边，当哥哥嫂子做农活不在家，他是用阅读文字、抚摸桌椅来消磨时光的。他的内心该有多么孤独呢？想到这，我深深地自责，平时，总认为有放不下的工作、做不完的事情而没有腾出时间多陪陪父亲，现在，想弥补，却来不及了。

父亲痛苦叫喊的时候，我就用手轻轻拍着他，像拍着一个闹睡的孩子。我的动作是去不了疼痛的，可父亲竟在我的轻拍下安静下来了。试想，父亲面临死亡是何等不安，何等恐惧啊！我又轻抚他的头、他的脸，他在我的抚摸中安静了，满足了。我的心好痛，好痛！我伟岸要强的父亲，此时竟成了一个无助的孩子！

更叫人心痛的是，我手一停，他就抓起我的手，慢慢地，慢慢地，放到自己的额上，面对父亲的恐惧和不安，我却无能为力，无——能——为——力！

　　我俯下身体，双手握住他的右手。不知他是不是感知了我的心跳，他激动起来，脉搏跳动有短暂的加快。他的目光又一次盯着我。他是通过我的心跳认出了我是他的女儿吗？我也用泪眼注视着他。他的目光渐渐暗淡，暗淡；他的脉搏渐渐弱了，弱了；他的手渐渐凉了，凉了……

　　父亲，走了。

# 想　家

　　今天起得迟了点，并非是睡过了，早在床上醒着。心神恍惚，慢慢走近窗。帘掀起，窗推开。拂面的空气带着仲秋的清凉，还有淡淡的桂花香。桂花香里中秋至，菊黄霜中明月圆。

　　中秋节，大多秋雨蒙蒙。像今天这般朗润，实属难得。然而，我的心却有说不出的酸楚。中秋的"秋"真个落在我的心上，成了挥之不去的愁。一种失去定力、失去方向、没有归宿的愁。今夜月明人尽望，万般愁思落我家。

　　早在18年前，母亲就去了另一个世界。今年立春日，95岁的父亲也去了，55岁的我成了没有爹，没有娘的孩子。父母在的日子，是安好；父母在的地方，是家。过年，过节，即回家。今年中秋，我回哪？

　　"家是情感的港湾""有爱的地方才有家"……这里的家不是有父母的那个家。有父母的家，是心栖息的地方，不止情感，不止温暖，还有实实在在的依靠、安全。

　　自从结了婚，我便有了家，四壁萧然的、避风挡雨的、三室二厅的。这些家，只是栖身的场所。身居家里，心却游离在外：父母、孩子、生计……坐在沙发上，躺在席梦思上，身体舒适了，心仍累着。

过年，过节，带着孩子回家，回到老人身边，承欢老人膝下，至亲至爱，触手可及。那种放松、安心、满足，只有家能给予。

人是很古怪的，有些东西非在回忆中不能感受。从前，父母都健在，自己也年轻，偏偏怕过年、过节，逢年过节总是懊糟。懊糟路途遥远，耗时太多；懊糟手中钱少，不能给父母买最好的；懊糟自己在家人面前没有面子；懊糟……

2000年冬，母亲走了，一瞬间，我感到家没了。我哭喊着："妈妈，您就这么走了，我以后没有家回了！"这句话伤了哥哥嫂嫂的心，我却是不假思索说出的。可见，在我的潜意识中，家是母亲，是母爱。

母亲走后，我与一向感情不和的父亲亲近了许多。逢年过节，我一定要回家，哪怕风雨交加，哪怕大雪封途。因为我知道，家中的父亲渴望我回去。家是尽孝，家是尽责。

此时，面对良辰美景，我不知何去何从，心泣然，泪暗流……母亲没了，父亲没了，尽孝的责任和权利没了，那个家也没了。

很多人说起工作的地方，都称为第二故乡，第二个家。听来，总觉得矫情。此刻，此地，此身，我倒是备感真切。

我18岁走上讲台。走进学校就像走进另一个家，同事、学生仿佛前生有约，一见如故。那种开心、兴奋便是有了家的感觉。

我生活在大家庭里，五个哥哥、五个嫂子，再加上侄儿侄女，十几人生活在一起。妈妈操持这个家实在不容易，尤其是协调与儿媳间的关系。妈妈也常向我诉说苦衷。我心疼妈妈，却无能为力。无奈、痛苦折磨着我。这时，我的选择是到学校去，一到学校，打开书，翻开作业，心便平静下来，一切不快都烟消云散。这就是家，心栖息的地方。

后来，结婚生子，夫妻之间难免磕磕碰碰，甚至泪眼汪汪地走出家门……奇怪的是，一站上讲台，心便舒坦了。讲台，是教师的心栖息的地方。

如今，我的名字虽然还在合肥68中学教师花名册上，但我不再拥有讲台，不再拥有学生，因为我10月底就要退休了。在失去责任，失去权利的同时，我也失去了37年一直依恋的家。

37年前的憧憬，37年来的坚守，37年的爱与付出，终究以"无家的孩子"作结。

家，一个易写、易记的字，有几人真正认得。

中秋节，我想家……

我，想家。

# 立　　碑

今天是己亥年二月十四日，一个特别的日子，为父亲安葬暨立碑。

我是昨晚 9:00 赶到家的，洗漱就寝已是 11:00。我躺在床上翻来覆去，好不容易进入梦乡。

忽然，轰隆一声巨雷把我惊醒。我的第一反应是推醒身旁的他，让他翻个身。自小，母亲就告诫我：第一次听到春雷，若躺在床上，一定要翻个身。春雷翻个身，无病无灾星。这也算是母训吧。推醒他，一看手机，正好是午夜十二点。睡前还是满天星斗，怎么一个时辰不到，天就变脸了呢？想到父亲今天安葬立碑，我不禁焦虑起来。

老天像是有着满腹的委屈，倾诉起来没完没了。雨由远而近：呜呜的，哗哗的，直至哗啦哗啦泼在屋顶，又沿着瓦槽潺潺地流下，吧嗒吧嗒落在廊檐，落在我的心上……

上午 9:00 是父亲开棺验殓的时辰。眼下已是 8:00，风，无情地刮着；雨，潇潇地下着；雷，有一阵无一阵地打着。眼看雨停不了了，家人便在墓地搭起了雨棚，以确保父亲开棺验殓安葬顺利。

时间一分一秒地过去，8:50 了，雨还是一个劲地往下倒。我疑心父亲有灵，感应苍天，变春雨的绵绵为倾盆，为瓢泼……父亲何意呢？

8:50，8:51……风水先生收起雨伞，钻进雨棚，一脸的无奈。开棺在即，我屏声静气，往父亲的灵柩靠近，靠近……

这时，雨骤然而歇，歇得干干净净，没有一个雨点。抬头看，天空的乌云像被无形的鞭子抽打着，向四周散开，散开……9:00，太阳出来了，不偏不倚地照着父亲的灵柩，照着墓地。墓地上的人都惊讶不已，哗然一片。有人说："风水先生高，知天象，运万物。"有人说："老爷子仍然生前的做派，力挽狂澜，化险为夷。"……

我陷入沉思，如果人死了真的不朽，秉性仍存，我父亲真有能力化险为夷。

父亲生于 1924 年，一个动乱的年代。据家史记载，1930 年，一路大军经过我家，适逢祖父去大姑家探亲。大军询问祖父的身份及去向。曾祖母吓糊涂了，顺话答话，说祖父是红军。大军一路追杀，要了祖父的性命。祖父是个忠厚老实的人，从未拿过枪，也没参加过任何组织，就这样不明不白成了冤魂。

曾祖母受惊，死了。祖母，眼睛哭瞎了。再加上战乱，家境从此衰落。小叔过了继，家里的田地也都典当了。8 岁的父亲跟着祖母乞讨为生。

乞讨的日子苦了父亲，也使父亲迅速成长。他10岁就给人家做工糊口，用了6年的时间赎回了田地，结束了乞讨帮工的日子，和祖母相依为命，勤俭度日。父亲天资聪慧，帮工时从私塾那悄悄学文化，识字断文，成了家族中的文化人。土地改革时，父亲被推选为合作社经委主任。父亲一直为这段历史而骄傲。我们为父亲而骄傲！

父亲的灵柩安葬好了。癸山丁向，坐北偏东，向南偏西。墓地不是风水先生看的，是我母亲选择的。

母亲生于1924年，卒于2000年。母亲生前就为自己找好了这块墓地，按她的遗嘱，2005年便安葬于此。父亲仙逝三年了，要安葬了。兄长们请风水先生为父亲选墓地。选了几处都不适合，不是与父亲的生辰、过世的日子相克，就是与子孙的生辰八字不合。找来找去，找到了母亲的墓地，和母亲合葬。

对此，有人打趣：老爷子生前一直仰视老太太，死了仍然追随老太太；有人感叹：老太太生前辛苦一辈子，没享到一天福，老爷子亏欠老太太，要在阴界好好补偿；也有人不解：老太太生前一向热情好客，爱热闹，咋把"家"安在这个山旮旯……

站在父母的墓前望去——

眼前是一片茶园，茶树上蒙着一层烟雾，那是待发的茶头。茶园下是老屋，离墓地不过200米。墓地左侧由北向东南延伸的是一望无际的竹林。风很大，竹浪层层，一浪一浪顺着风向这边涌来，弯腰俯首，似叩拜大地，又像伸长双臂拥抱我的父亲母亲。右侧由北向西南延绵的是山林，树木密集，还没发青，一片灰褐色。山樱桃这儿一株、那儿一株开满雪一样的花，点缀其间，水墨画一般，与此时、此地、此情颇为相宜。

前方层层叠叠的山峦，起伏交错，连绵而上，直至大别山最高峰白马尖。墓前千层绿，子孙万代福。母亲选择这块墓地福佑子孙。

时近中午，老屋东北角升起一缕炊烟，那是老屋唯一的住户，与我们同辈，夫妻二人已年过花甲，身体多病，生活拮据，去不了镇上。炊烟随风飘散，飘散在墓地上空……我恍然大悟。父亲母亲把墓地选在这里，是要守着老屋的炊烟，守着老屋。

是的，老屋历经一个多世纪，见证了金家的兴衰，更见证了父亲母亲不平凡的人生。

母亲闺中待嫁时，恰赶上土地革命，她家被划为"地主家庭"，她以这样的身份嫁给我的父亲。父亲当时虽然远离了乞讨和帮工的日子，当上合作社经委主任，但家徒四壁。我的大哥、二哥、三哥的相继出生，使得生活难以为继，一家老小过着衣不遮体、食不果腹的日子。

有人劝我母亲改嫁，母亲没有。她咬着牙一步步向前。生在山里，就得从山上找活路。母亲开荒种菜，腌小菜，晒干菜；上山捡栎树果，舂去壳，磨成粉，做成凉皮、凉粉；捡茶籽，榨茶油……加工好许多农产品，挑到六七十里外的佛子岭水库工地上卖，用换来的钱贴补生活。一天往返一百多里，常常以水充饥，舍不得花钱买上一个馒头。特别是三年困难时期，母亲为了五个哥哥一个姐姐，险些把命搭上。

这些都是奶奶告诉我的。我们兄弟姐妹九人，我是老八。我记事时，家已旧貌换新颜。除了祖传的两间半房子外，父母还添了三间新房，娶了三房儿媳。我大哥已从师范学校毕业当上了教师，三哥学徒期满，成了远近闻名的瓦匠师傅……我家的日子蒸蒸日上，老屋也蒸蒸日上。

老屋由两座四合院组成。东头住三户，西头住两户，都是不出五服的亲戚。四合院坐北朝南，虽不相连，但在同一个平面内，屋檐滴水连成一线。东侧高出院落的山冈，东北走向，呈鱼背状。山上是四季常青的竹子，犹如一条青龙向东延伸。西侧的山头高于东侧，南北走向，似虎背。山上草木丰茂，山势延伸不远，大约300米自然断了，形成虎头。左青龙，右白虎。老屋就在青龙白虎的呵护下生生不息，常年平安。

老屋前的场地是长方形的，收割的季节便成了打场。黄豆、玉米、稻谷铺满场地。连枷的叭叭脆响，碾子的吱呀尖响，农人吆喝牛的瓮声瓮气，加上鸡鸣狗吠，奏起了老屋蓬勃富足的交响曲。西头古井静静地陶醉于场地的热闹，如抽干井水，一定会看到井底的泉眼汩汩地冒着，恨不得冒到场地，淌进音乐的河流。

场地南面是池塘。仲夏时节，风举荷花，蛙鸣柳枝，青蛇戏水……动画片一般活泼，童话一般美妙。

池塘南面是田垄，梯形排列，由东向西，阶梯向上。仲秋到了，稻谷垂下头，稻田旁的紫薇开得压下了枝，清风徐来，稻香花香氤氲上空，老屋一派灵气秀色。

田垄间有一条通往庄外的路，与老屋西头相连，大约呈70度夹角。这条路见证了老屋的和谐、老屋的兴旺以及老屋对社会的贡献。

老屋五户人家，哪家的亲戚来了，老屋家家户主都要迎到路口，走时再送到路口。新女婿、新外甥上门，每家都在路口挂上爆竹。客人一踏上老屋的土地，爆竹声次第响起……噼噼啪啪的爆竹声张扬着老屋人的热情。

一到春节，这条路上行人不断。五户人家，家家都有一两个姑爷，户户都有三四房媳妇。送走儿子儿媳，迎回姑娘女婿。拜叔伯、拜姑舅……小路看着张张笑脸，听着声声祝福，载着老屋的年文化度过它的新春。

这条小路也迎接过来自四面八方的陌生人。1973 年修建龙太公路（龙井冲到太阳），来自四面八方的建筑工人有上百人，住宿、生活成了难题。父辈们一起合计，各家腾出木楼给工人们睡觉；腾出正房给工人们办公、吃饭；还在倒座筑了灶台安上铁锅，给工人烧饭。路修了三年，老屋人为工人们提供住房三年，分文不取；老屋的男男女女、老老少少憋屈地生活了三年，毫无怨言！

老屋人的淳朴厚道赢得了众人的口碑：金家老屋的后生不愁娶，金家老屋的姑娘不愁嫁。受父辈们的影响，老屋的小伙姑娘知书达理，勤劳善良，能吃苦，有智慧，是生产好手，行业状元。从这条小路上走出的老屋人，有中专生、大专生、本科生、博士生……

老屋是富足的，秀美的，和谐的，充满大爱的。

然而，社会发展的冲击，父辈们的相继离世，使老屋一步步走向衰败，走向孤寂，走向……四合院倒塌了，场地塌陷了，池塘淤积了，田垄荒废了；老屋的人走了，走到镇上，走到城里；老屋人的心散了，散在名，散在利，散在自我的世界。

父亲是父辈中最后离世的一位，面对老屋的变迁，我想他的心是不忍的，剧痛的。生无言相诉，唯求魂厮守。

想到此，父亲母亲选择这方墓地、今天天气的怪异，都有了答案。老屋是父辈的根，刻印着父辈的生命轨迹，承载着父辈的精神灵魂。父亲母亲要为这个家族厮守老屋！或许，这份诚心感动天地，上苍以天象暗示我们：记住父母立碑的日子，记住老屋，记住根。

父母的碑立好了，碑上黑底烫金的碑铭熠熠生辉：

勤力持家，崇道尚仁，寿逾耄耋，功德荫庇，满堂子孙贤为贵；
养子扶孙，秀外慧中，年过古稀，慈祥福佑，济济后人孝当先。

（注：父亲，名崇德；母亲，名祥秀）

# 生　日

　　凡生命都有生日，大到每个人，小到每个微生物。不同的是，某些微生物或生物，只有一个生日，从诞生到死去，只有一年、几个月，甚至几秒。人却不同，寿命有多长就有多少个生日。

　　人，最值得庆贺的生日，应该是第一个生日。对家庭来说，添丁进口；对本人来说，第一次脱离母体，第一次啼哭，第一次睁眼，第一次……都值得纪念。

　　然而，我却不同。我的第一个生日是很冷清的。

　　那是1963年农历十月二十日（后来知道的），舅舅家新房落成，父亲去了舅舅家。几个哥哥，上学的上学，开荒的开荒。家里只有母亲和双眼失明的奶奶。听母亲说，我像是赶着什么时辰抢着出生的。母亲从腹痛到分娩，仅一炷香的工夫。太阳正好落在半山腰，大约是申时，也就是下午三四点吧。深冬晴日的此刻，阳光应该是慈眉善目、性情温和的。这个时辰决定了我一生除了善良温和外，无别的特性可塑造了。

　　母亲把我包好，就放进被窝里，自己清理衣物去了。父亲回来听说母亲生了个丫头，三天都不进房门。可见，我的到来不受欢迎。我的第一个生日是冷清的。也许正是这第一次的感觉，为我的骨子里注入了独立的因子、热情的因子。如果说我身上有什么优点，那就是独立性很强，为人做事都带着温度。

第一个生日冷清，接下去是后来生日的无声。我不知道自己的生日，也不敢问。直到 10 岁头上我生场大病，母亲请来算命先生给我算命，我才知道我的生日。

后来，上了师范，同室好友过生日，她父亲特意来到学校，还带了好看的衣服、好吃的东西……我心里酸酸的，我还没过过生日呢。

1987 年，我要结婚了，我向未婚夫提出唯一的要求是婚期定在我生日那天。我生命中的第 25 个生日，大红大喜，挂起了红灯笼，贴上了红门联，摆放着红嫁妆。家里家外人头攒动，欢声笑语不绝于耳……我悄悄地对自己说："二丫，你终于过生日了！而且是最热闹、最排场的生日。"说着说着，泪水涌出眼眶，滚落在衣襟上……我知道，热闹是家人的，排场也是家人的，是家人的喜事，不是我的生日。因为，我没有听到一句生日的祝福，也没吃到长寿面。更遗憾的是，父母为我操办婚事，邀请权不属于我，我的同学好友一个都不在场……生日就这样过去了。

儿子大了，也许是我的忆苦思甜奏效了，每到我生日，他都要给我和他父亲来一点小惊喜、小激动，生日渐渐有了味，日子也渐渐有了味。

难忘的生日是 56 岁的生日（前天刚过），这天除了是生日、结婚纪念日外，还有了新的内容——退休。55 年前的约定，今天要兑现了。我心情很复杂，期待夹杂着伤感，幸福包裹着失落。我刻意不想，偏偏往事清晰。我点开轻音乐，练起形体，欲用锻炼模糊记忆。

"嘀——嘀——"手机报告信息。我信手一划，屏幕上红包、祝福接连不断。亲人朋友为我送上了祝福、惊喜。屏幕模糊了，无德无能的我，能有这么多人惦记，还奢求什么呢？

晌午，儿媳笑盈盈地送上鲜花。

晚上，爱人为我举办了生日派对，与我共事 10 多年的好朋友也来助兴。女神们送上鲜花，男神们捧上蛋糕。灯光暗去，音乐响起："祝你生日快乐，祝你生日快乐……"20 多人为我唱起了生日歌。我也情不自禁地跟着唱起来，是激动还是难过，自己也说不清，只有泪水诚实地滑过脸颊……歌声停，灯光华彩，我面对跳动的烛光，双手合拢，放在胸前：愿生命中遇见的每一个人都快乐幸福！

2018 年农历十月二十日，我的生日，我的结婚纪念日，我的退休日——快乐幸福！

感恩 1963 年农历十月二十日申时，给了我一个南瓜命——越老越甜！

感恩给我带来惊喜、快乐的亲人、朋友们，给了我一个幸福美好的记忆！

# 不想他长大

7月5日，是我儿孟骥的生日。1990年7月5日17时，在阵痛17个小时后，我听到了呱呱的啼哭声，一个婴儿诞生了，我做妈妈了，劳累、幸福得晕了过去。

婴儿身长55厘米，体重4.5千克。他在钳子的协助下，带着伤痕，来到这个世界。为防止感染，他被放进了隔离箱。爱人百般央求，获得了探望权。我在爱人的搀扶下来到隔离室，远远看到玻璃箱中的婴儿闭着眼，皱着眉，一副不满而又无助的样子，我好心疼。我慢慢走近，含着泪说："儿子，妈妈来看你啦。"只见他四肢动了动，睁开了眼，转动着眼球，寻找着……他不会听懂我的话，他一定感到了我的心跳。那一刻，我好激动，第一次相信母子的心是连在一起的。

我和儿子不仅心连在一起，人也黏在一起。一周后，我从护士手中接过儿子，从此，我们很少分开。

那年暑假，3岁的儿子被爱人带回了老家，说是让我在家清闲清闲，我很是感动。自从有了儿子，我一天没闲过。我便想象儿子离开后的自由世界：逛街，聊天，看书……仿佛刑满释放似的。可是，儿子刚刚离开，我心里便空落落的，像丢了东西一样，哪儿都不想去，什么也不想做。夜幕降临，牵挂也降临，我在家里转来转去，眼里、心里全是儿子。夜色加深，失落也随之加深，致使我坐在床前黯然落泪。

第二天，爱人便带着儿子回来了。我抱过儿子的同时，不解地问："你不是说过上一阵子嘛，咋过一天就回来了？""儿子想你，一夜不睡，哭闹了一宿。"我心一惊，高兴又担忧。都说黏妈的孩子没出息，我担心儿子成"妈宝"，盼着儿子长大，盼望他能独立。

那年的腊月，儿子5岁。在城里读大学的侄儿放寒假了，我们也接近期末考试了。我央求他表哥把他带回老家，我好全身心地投入迎考。儿子很不乐意。我只好善意撒谎了："你先跟表哥走，我上完课就走，晚上到外婆家陪宝贝。"

晚上7点多，家里打来电话，说孩子蹲在马路上不肯回家，要等妈妈。

腊月的夜晚，风，是冷的，地，是冻的。怎样的依恋才能让一个5岁的孩子站在寒风里守望呢？那一刻，我流泪了，幸福、担忧一起袭击着我。古训道：好男儿，志在四方。他这样依恋我，什么时候能长大呢？

再一次盼望他长大。

儿子7岁了，上学了。我该把他当学生看了，该让他单房单人睡了。我郑重其事地买回单人床，放进书房里，把他叫到书房，指着铺好的床，对他说："儿子，这是妈妈为你准备的卧室，你满意吗？"他环视自己一直读书的房间，眼里流露着陌生。"儿子，你现在已经是小学生了，已经长大了，要学着独立，不能再黏着妈妈了。一个人睡是独立的开始。"我口若悬河，他一脸萌态，眼里写满了不解。我蹲下身，扶着他的两臂，仰着头："你是最棒的！一定行！对不对？"他眨了一下眼，泪珠跌了下来，但很快用小手拭干了，点点头，眼巴巴地说："妈妈，一周有两天不上学。不上学的两天，我就不是学生，我还是可以跟你睡一起的，对不对？"儿子的话使我一时语塞，答不上来。儿子，你什么时候能长大呢？

盼望儿子长大成了我唯一的希望。

他上大学已18岁了，行过成人礼，但仍不能独立。入学三周，他就跑回家来，正赶上我住院，他趴在我枕边流泪，嚷着不到学校去了，要在医院陪我。我不知是幸福还是痛苦。

上个月，写有他名字的房产证拿到了，房子是精装的，拎包即住。一天，我和他爸起了个早，去新房。开锁推门的那一刻，惊喜与失落一齐涌向我——

客厅布置一新。电视柜的一边是一米多高的、罩着黑色灯罩的落地台灯，一边是白色的柱形风扇。茶几上摆着陶瓷茶具，一个个小巧玲珑的茶盏精神抖擞地张着嘴巴，放一片茶叶、斟一点开水，就会氤氲醇香。两组沙发比肩而卧，靠阳台处躺着按摩椅。

厨房里，灶具齐全：炒锅、煎锅、电饭锅一溜儿摆开，烤箱、微波炉两旁端坐。拉开橱屉，油盐酱醋有序陈列……样样备齐了。

这是要离开我而独立了吗？我的心一阵绞痛，摸着灶台的手有点颤抖。爱人见状，安慰我："好，很好！儿子长大了，不要你操心了，你的愿望实现了。"我白了他一眼，转身走出了新房。

太阳已升高了，小草和树叶上的露水已干。晨风吹来，小草摇头，树枝摆手，仿佛在与谁告别。我的心酸酸的，眼涩涩的，模糊中，看到了儿子和准儿媳正向前走，两手相扣……

孩子长大，不是岁月的流逝，不是父母的期盼，而是与另一只手的相牵。

孩子长大，在父母，不是大半生的付出，不是责任的推卸，而是心的不再完整。

愿望的实现应该是幸福的，我，怎么就这么失落呢？

不想儿子长大，我这个妈还不够坚强。

今天，2017年7月5号，27岁的儿子长大了。

筛时光

# 听　歌

我不会唱歌，喜欢听歌，但不喜欢在 KTV 听歌，那里太喧嚣，破坏了歌曲本来的意境。我喜欢在安静的环境下，静静地听歌——

童年时，我就喜欢唱歌。那个年代流行唱样板戏，我喜欢唱"我家的表叔数不清"。我在家是不唱的，父亲与哥哥们被生活的重担压得失去了笑容……一到学校，我就唱起来，连上厕所也唱。

一次，老师把我叫到了办公室，神情凝重地对我说："一个女孩子应该斯斯文文的，一路走一路唱，像什么样子？再说，你只知道唱歌，还知道学习吗？"老师的话令我震惊，我便不再唱歌。后来，想唱歌，嘴却张不开，不唱了，听别人唱。

1980 年，我读师范。五四青年节，学校请来电影队播放电影《小花》。我含泪看完，电影情节是什么，人物怎样，现在都已印象模糊，唯有电影插曲刻骨铭心——

"妹妹找哥泪花流，不见哥哥心忧愁，心忧愁……"听着电影中的歌曲，回想着小花那寻觅、渴望的目光，我的心被触动，隐痛，破碎。小花该有一个多么爱她的哥哥呀！我也是一个妹妹——有六个哥哥的妹妹。我渴望他们爱我，哪怕一丁点。

夏天的晚上，我和几个小伙伴躺在篾床上乘凉。天，好高好高，幽蓝幽蓝。天幕上的星星就像场地上乘凉的人，这儿几颗，那儿几颗，一眨一眨的，仿佛大人们叼着的烟头。不远处，稻田里蛙声阵阵，像父辈们高亢的声音。它们也在畅谈稻子的长势吗？萤火虫努力闪着自己的小屁股，希望我们去追它。我们可不稀罕，你挠我胳肢窝，我刮你后背，嬉戏打闹，逗得篾床也"吱吱"笑。

突然，一个巴掌打在我的脸上，我还没有反应过来，又是一巴掌。我一边擦鼻血，一边歪头，是妈妈。"打死你，叫你不长记性。"

下午，我和一个叫花的小伙伴吵架。她泼皮，竟指着我妈妈的鼻子骂。妈妈拧了我的耳朵，让我不准再和花玩，可是我——

妈妈的手像连枷一样，一下连一下地打在我的脸上。我不敢哭，眼巴巴地看着一旁乘凉的哥哥们，乞求他们救我，他们却视而不见……

妹妹找哥泪花流……

歌曲《血染的风采》风靡全国时，我正在一所山村小学教书。清晨，我捧着鲁迅的《伤逝》来到山冈上。露水打湿了我的裤腿，裤腿上沾满了花瓣，花瓣泪汪汪的，一副担惊受怕的样子。我拨开一片草，坐下来读着《伤逝》。村委会的广播响了："……也许我的眼睛再不能睁开，你是否理解我沉默的情怀？……"激昂而又饱含忧伤的歌声唤醒了整个山村，也把老山战斗的惨烈拉到了眼前。我的泪水簌簌而下，滑过脸颊，打湿衣襟，滴落在《伤逝》上，滴落在"我是我自己的，他们谁也没有干涉我的权利"上。

抬起模糊的双眼，对面山峦在朝霞中燃烧着，灶膛一般，红红的。红在扩大，在蔓延，漫山遍野刹那间都成了红色，血一样的红。耳边仿佛响起了枪声、炮声、厮杀声……

"也许我长眠，再不能醒来，你是否相信我化作了山脉？……"歌声锥子般刺着我的心。我站起身，回望山冈下：远处，一面面"镜子"高低错落，那是灌满了水的农田。农田边有骑着牛的牧童，牧童的短笛淹没在歌声里。河边有三三两两的浣衣女，她们飘动的衣衫，像天边的彩云，装点着清晨。四合院的校舍在晨曦中静静地伫立着，迎接欢呼雀跃的孩子——

我的心跳骤然加快：炮火声中的"我"还是自己的吗？许多天来一直被爱情、人生困惑着的我，豁然开朗。我合上《伤逝》，向着校园，向着孩子们走去……

听云飞的《天边》，我已退休。记得上老年大学的第一天，正赶上老师教《天边》。音乐邈远又切近，是钟鼓在苍穹撞击，是心脏在胸腔跳动。我被震动了，以致四肢发抖，不知所以。

"天边有一对双星，那是我梦中的眼睛……天边有一棵大树，那是我心中的绿荫……"旷远的旋律、优美的歌词、迷人的声音模糊了时空，模糊了虚实，模糊了我的视听。是李白面对"赐金放还"，拔剑四顾，高歌"长风破浪会有时，直挂云帆济沧海"；是苏轼挽雕弓，射天狼，祈愿"持节云中，何日遣冯唐"；是辛弃疾在元夕之夜低吟"众里寻他千百度。蓦然回首，那人却在，灯火阑珊处"……

"双星""大树"是信念，是期盼，是诗人笔下的"那人"！一切美好的东西总是可望而不可即的。好在我们有梦，梦里有闪烁的眼睛；好在我们心向往之，心灵不再有沙漠。

歌词融在音乐的旋律中，通过歌唱者的深情诠释，在我的心中活起来了，站起来了，成了触手可及的形象，有血，有肉。一字字，一声声，充溢着我的双耳，印刻在我的脑海，拷问着我的灵魂……

神秀云："身是菩提树，心如明镜台。时时勤拂拭，莫使惹尘埃。"常听歌，常参悟，做一棵菩提，拥一面明镜——

# 枕　芯

　　为期一周的芽庄行结束了。走出旅馆，与大海告别。海面静静的，远处几艘小艇，似静止，似前行，像离别的恋人，缠绵着。太阳钻出了海面，给海面洒上一层金子，晃得人睁不开眼。我们乘上车驶向乳胶产品店购物。

　　店里清一色天然乳胶产品：床垫、被子、枕芯……一走近，便有置身卧室的感觉，好温暖。

　　先生一脸不屑，站在广告栏下，一副消磨光阴的样子。我拉着他走向乳胶枕，他调侃道："我的女皇，你该不会告诉我，枕头是亲密的爱人，你要买个爱人带回国吧？"我只笑不语。

　　身着奥黛的越南小姐面带微笑地向我走来，为我介绍了天然乳胶枕的价格："四代产品，一对 1000 元；五代产品，一对 1400—1700 元。"我选了三对五代产品。

　　一向文质彬彬的先生指手画脚起来："你干吗？疯了！花这么大价钱买枕芯？"

　　我顾不得向他解释，看着面前乳白色的枕芯，激动不已，心花怒放，多年来的心愿，实现了。我双手抚摸着富有弹性的枕芯，像抚摸着流逝的岁月，曾经的事、曾经的人一起涌上心头，触动泪点，泪水滴落在枕芯上……

1987年，我出嫁。父母年迈，嫁妆要靠哥哥嫂子凑。五哥五嫂为我置办的嫁妆是一对红底提花的枕头和一对大红鸳鸯的枕巾，我很喜欢。

新婚之夜，我抱着枕头，摩挲着，而后，脸也贴了上去，深呼吸……这时，我嗅到了淡淡的异味，怎么回事呢？枕套是崭新的，上面的提花娇艳欲滴，似能听到绽放的声音。我掏出枕芯，凑到灯光下，枕芯上有浅浅的污渍，像汗斑，又像口水洇开的痕迹……

原本就不知安放于何处的心，更酸楚了。五嫂把自己用的枕头给了我当嫁妆。看着枕头，尴尬的一幕又浮现在眼前——

那是一个深冬的傍晚，夕阳将周围的山染成了金色，与大红门对辉映，更是喜气洋洋。老屋，人头攒动，大人、小孩都翘首西望，等待新娘的到来。

夕阳恋恋不舍地落下时，新娘——我的五嫂来了。爆竹噼啪作响，屋内的女人都跑了出来，说是看新娘，其实是看嫁妆。自家的嫂子、房下的嫂子五六人一哄而上，围着五嫂，说长道短，无非是：我结婚，娘家陪了什么什么。这时，我才注意到，五嫂的嫁妆仅有一对枕头，用红布巾系着，拎在媒人的手里。五嫂一脸尴尬，低着头，跨过火盆，跨过门槛……

我用手捏一捏眼前的枕芯，软软的，灰中带白，像破碎的棉籽，又像破碎的球衣，用手一捻，手上便沾满尘末……尽管如此，这枕芯于五嫂是最好的，于我也是最好的。

自我懂事起，看到的、用过的枕头都是粗糠（稻壳）枕芯的。母亲用的枕头也是她的陪嫁，细长细长的，像个袋子，两头镶着方形的刺绣。母亲是地主家小姐，十八年深居闺阁，做女红，绣得一手好刺绣。母亲的枕头就是她自己绣的。每当看到那鲜艳的牡丹花时，我总有一点别扭，因为和枕头里的粗糠太不般配了。

一次，我忍不住问母亲："外婆家当年那么富裕，咋用粗糠装枕头呢？"母亲说："傻丫头，那个年头，再有钱的人家，枕头也是粗糠装的，没有别的呀。"我将信将疑。

我6岁起，大嫂、二嫂、三嫂相继被娶了回来，她们的嫁妆，各有不同，但枕头一模一样：老布枕套，粗糠枕芯。我相信了，粗糠是枕芯的唯一。直到五嫂进家门，我抱过她的枕头，才知道，枕头还有不用粗糠装的。

五嫂把如此珍贵的嫁妆陪给了我，叫我如何安心呢？

我婚后的第四年，小姑子出嫁。为小姑子置办嫁妆是情理之中的事。周末，我和先生带着孩子来到龙图商场。电视机、电风扇买不起，挑来拣去，决定买一只皮箱、一对枕头。

枕头的价格取决于枕芯，化纤枕芯8元一对，海绵枕芯15元一对。我左手抓着海绵枕芯，右手抓着化纤枕芯。松开左手，勤劳可爱的小姑子在眼前晃动，我结婚，办酒席的荤菜、素菜都是她从十几里外的集市，一担一担担回来的；松开右手，家庭月收入不到200元，买书、买牛奶、给家里……心的天平在情感与理智

中失去平衡，直至手心出汗，也难以决断。最后，还是先生掰开
了我的左手……

2000 年冬，母亲去世。我和先生回家奔丧，将上一年级的儿
子托付给邻居照顾。

送走母亲回来，儿子一见到我，便拉着我往邻居家跑，边跑
边说："妈妈，带你看样好东西。"我有孝在身，便拉住他，指着
手臂上的"孝"字对他说："宝贝，妈妈不能到阿姨家去。你告诉
妈妈，是什么好东西？"

"阿姨家的枕头。"

"枕头？"

"阿姨家的枕头可软了，是云做的，枕在上面，我就是小星
星了。"

看着儿子闪动的目光和他歪着的小脑袋，我的心一阵绞痛，
母亲床头的旧枕头又浮现在眼前。

母亲一生勤俭节约，枕的枕头补了又补，枕头两端的刺绣洗
得面目全非。我多次要为母亲换枕头，可她就是不肯，说粗糠的
枕头枕习惯了。其实，她知道我生活过得紧紧巴巴，怕我花钱。
我在心里暗暗发誓，等日子过好了，要给母亲买最好的。可是，
直到母亲离开人世，我的心愿也没实现。为人女，我惭愧；为人
母，我又……

我一把搂住了儿子。他说的阿姨家，枕头是丝绵枕芯的。她
爱人前几年下海了，上次回来，带了些新玩意，其中就有丝绵枕。
是啊，比起儿子用的旧衣服枕头（枕芯是用旧衣服填充的），丝绵

枕岂不是好东西?

"宝贝,妈妈知道了,你不喜欢你的枕头,想要和阿姨家一样的枕头,是吗?"

儿子点点头。

"妈妈答应你,一定给你买,但,你要给妈妈时间,好吗?"

对儿子的承诺什么时候兑现的,我也记不清了。今天,面对天然乳胶枕,我仍觉得亏欠儿子,亏欠她们……

我买下了三对枕芯,一对给我的嫂子,一对给我的小姑子,一个给我的儿子,一个给天堂的母亲……

# 风　筝

　　皖中的春天说来就来，像急性子的村姑，脚下生风，走着，笑着。树丛中，这儿一点雪，那儿一点雪，一夜间，竟没有了踪影。风把它吹到了枝头，吹成了嫩绿。

　　走进公园，仰头便能看见风筝。孩子们比春还早，心性已放飞到天上。麦绿色的燕子风筝、嫩黄色的蝴蝶风筝、橙黑相间的蜈蚣风筝……高高低低，在天空追逐。天空瓦蓝瓦蓝的，像深潭的水，望不见底。几朵云漂浮在潭里，成了游动的鱼。天空下是硕大的草坪，草儿欣欣然张开了眼。三三两两的孩子欢呼雀跃，像一只只振翅欲飞的风筝。湖边的垂柳瀑布一般，枝条从树顶垂下，叫人听得见绿意四溅的声音……

　　倏忽间，一只风筝落在我的脚前——瓦片风筝。它受惊失色，惨白着脸，大概在树上停了很久。我经过，它落下。这是不是一种缘分呢？我俯下身子，将它捡起……

　　山里的春天像初孕的小媳妇，遮着，掩着，举手投足间把秘密泄露。山花，一天天明艳；艾蒿，一棵棵，一簇簇，悄悄地把小路装点；笋宝宝，铆足劲儿，撑破地皮，冒出棕褐色的头，用毛茸茸的眼探寻着竹林。

十一二岁的我们禁不起春的诱惑，心痒痒，手痒痒，不约而同地走出家门，用收藏的烟盒纸折飞机。一架架纸飞机从手中放出，很快便栽在南瓜棚、瓠子架上，大煞风景。于是，我们跺着脚，指着天骂。多年后，读到"结伴儿童裤褶红，手提线索骂天公。人人夸你春来早，欠我风筝五丈风"甚赞。孔尚任的诗穷尽了我们当时的情态。伙伴们一阵躁动后，沮丧地坐在了地上。这时，我想起了大哥藏在书箱里的风筝，便回家偷偷拿了出来。这是一只蝴蝶风筝，彩绘的，像真的蝴蝶。它穿着马甲，马甲上扣着三排纽扣，是妈妈大襟褂子上的那种。两只眼睛圆鼓鼓的，像要说出话来。触角震颤着，似向我传达着什么。我把风筝举在头顶，走向伙伴。伙伴们两眼发光，异口同呼："风筝！"一下子将我围住。门口场地太小，放不了风筝，我们一窝蜂跑到打谷场上。

这是一个圆形的打谷场，四面环山。水田、庄子也在山的怀抱中。打谷场比山低，比水田高。风筝在伙伴们的簇拥下慢慢起飞，越飞越高。我们跟着风筝跑着，笑着，闹着……不知谁的脚绊了线，线断了，风筝一个俯冲栽在树上。我不知哪来的勇气，奔向树林，爬上树，一手抱着树干，一手轻提风筝……谁知，提起的已不是风筝，是散了的竹架、烂了的纸。伤心和害怕像两只无形的手，攥捏着我的心，攥得我张着嘴，却哭不出声来，四处张望……张望中，熟悉的一切在眼前变了模样：不规则的水田成了镜子，一面，一面，直排到山脚下，梯子一般，明晃晃的。镜子里有天，有云。天蓝蓝，云蓝蓝。水田一旁的庄子变小了，小得一眼就能装下。四合院的天井像一把升子，嵌在屋顶里，似空，又似满。谁家的烟囱正飘着青烟，一缕，一缕，飘着，飘着，成了云……这一意外收获，让我少了些许伤心：风筝栽跟头前，一定看到了更远的地方，更美的东西。刹那间，我想做一只风筝，飞高，看远，看到山的那一边。

然而，我还没看到山的那一边，就改变了想法。

那是一个春和景明的日子，风轻拍着我的窗，把油菜花的芬芳拍进了屋里，乱着我的心。春来约我了，我还没成为风筝呢。我努力管住自己，拿起了《鲁迅文集》。随手一翻，便是《风筝》，真巧。"……我即刻伸手折断了蝴蝶的一支翅骨，又将风轮掷在地下，踏扁了。论长幼，论力气，他是都敌不过我的，我当然得到完全的胜利，于是傲然走出，留他绝望地站在小屋里。"读到这儿，嗓子哽咽了，可怜的小弟，苦苦经营的风筝梦，一瞬间被哥哥踏扁了。我痛苦着小弟的灾难，不想灾难临头。"啪嗒!"一沓资料重重地落在书案上。我一回身，大哥铁青着脸。我惊惶地站立，低下头。我知道，这么大好的时光"浪费"在文学上即犯罪。我等着大哥发落，他却不出声，一定是在酝酿恶毒。我惴惴不安，心被逼进了情感的匝道，减速慢行，经委屈，过气愤，驶进痛苦里……

我在外读书，有三两好友，暑假常有书信往来。因交通不便，书信总是通过教书的大哥转。一经他手，我便成了第二读者。甚者，他把信摊在我面前，指着某言某语，训斥、教诲……我工作

60

了，仍要按他的要求行事、交友、活着……"你整天抱着闲书看，还参不参加考试了？"大哥终于发声了，声音差点把屋顶的瓦掀翻。他转身走了，我转身对着案头，案头的自考复习资料冷眼看着我。一种失去自由的屈辱涌上心头。我真的成了风筝——牵在他人手中的风筝。心生悲哀。"何处风筝吹断线，吹来落在杏花枝。"哭问骆绮兰，什么风能吹断束缚我的线，哪怕落在泥沙中。

也许是上苍惩罚我，岁月的风吹断了牵挂我的线。母亲走了，大哥走了，父亲也走了……我这只风筝落在了哪呢？

我退休那年，春来得很迟，很迟……父亲似等不及了，拖着虚弱的身子到门外晒太阳，我赶忙上前搀扶。太阳白煞煞的，雪时不时地从光秃的树枝上落下，溅起浑浊的泪。河岸游乐场上空飘浮着一二只风筝，我指给父亲看，父亲身子前倾，不知他看到了没有，但他的脸上确有喜色。风耍起性子，断了一只风筝的线，把它卷进了河里。我心针刺一般，被不祥的预感狠狠地揪着……父亲没等到春天，走了。我成了没娘没爹的老小孩。失去牵挂的同时，失去了安全感，失去了定力，失去了归处。

记得那年中秋，天还没亮，我就悄悄起床，拿出柜子里最好的酒，装好为父亲买的衣服，包好红包……只等手机响起。每逢节日，牵挂的那一头总会传来一个声音："二丫，早点回来啊！"我在屋里来回地走，看着手机。我知道不会再有人唤我"二丫"了，但我仍然等待。在等待中怀念，怀念被牵挂的时光……断线的风筝落在了黄连枝头。

捧着手里的风筝，我慢慢起身，耳边响起谢公的叮嘱"高林

上树须引避，牵缠到底不能归"。是风筝爱恋高林上树，还是高林
上树牵缠了风筝？我不想知道，只想送它回归处。小心查看它的
全身，骨架完好，两侧的升力片也无大碍。心释然。捋顺其线索，
将它再一次放飞。它回到了归处，我却不知把线交予谁手……踌
躇间，一阵狂风，风筝凌空，将其线索挣脱……我不知所措。一
旁的少年眼疾手快，握住了线……

有了牵挂，便是安好。

奢望是一只风筝。

# 紫色的小花

　　清晨，一只鸟从单元门前的竹丛飞向广场旁的广玉兰树。它边飞边叫，叫声引起合欢树上一群鸟的和鸣。一时间，晨曲悠扬。又是一年春暖花开了，公园里该是一片明艳了吧。

　　我和夫君来到公园，着实饱了眼福：樱花烂漫，紫薇惊艳，望春花脱俗……花是懂得厚积薄发的，它们用了一年的时间养精蓄锐，此时一发，唯艳，唯美。紫荆长龙一般，依着园内的人行道蜿蜒，像紫色的云，聚拢着。云里包裹着紫色的雨滴，水润水润的，润成紫色的雨，触之欲滴；又像紫色的纱巾，信手一抛，随风扬起，弧线流畅优美。我喜欢紫色的花，但又不是眼前的这种。

　　那是大山里的一种花，开在山路旁，开在田埂边。我不知道它的名字，只记得它是紫色的小花，有一种别样的美。

　　它很小，花朵只有米粒那么大，形状也像米粒，两端尖尖的，中间鼓鼓的，一粒粒花蕾缀满灰蒙蒙的枝条。对，它不是花，只是蕾，我从没见它绽放过。它依附生长的植物是枝条，这种植物，没有干，没有枝，就那么一小丛，一小丛。也许，它们生来就长不成树；也许，它们生来就不想长成树。这种植物骨脆皮韧，轻轻一折，骨就露出来了。用力一抽，像抽塑料包裹的吸管，白亮白亮的骨便和皮分离了，一只手里是骨，一只手里是花蕾。原来，花是附着皮长的。将手中的花蕾团一团，便成球；抖一抖，便成链，我常常将其挂在胸前。花链挂在胸前，温暖钻进心中，甜甜的。

我十岁那年，生了一场病，熬了一个多月，终于熬了过来。妈妈为了庆祝我起死回生，破天荒地给我做了一件花衣裳，是蓝底紫花的，可好看了，像撒满云霞的天空。我把天空穿在了身上，甭提多兴奋了。更何况我是第一次穿新衣服呢（我一直都穿小哥的旧衣服）！我顾不得吃早饭，就往学校跑，想到同学面前炫耀。谁知，我一到学校，就被几个高我一头的大同学围住了。问我哪来的新衣服，可不可以脱下来给她们穿穿……我看看她们，看看身上的新衣服，摇摇头。谁知，她们一起朝我身上吐唾沫。其中一个穿着破烂的同学竟掏出削铅笔的小刀，朝着我衣服上的小花，使劲戳……

我哭着往家跑，跑着，跑着，停下了。我不能回家，妈妈看到会心疼死的。我坐在山路上，默默流泪，两手无目的地乱拽，拽一把，甩一把，想把自己的委屈一把把甩掉。拽呀拽，手拽得黏糊糊的，我一看，是小花，紫色的米泡泡。我看看花，又看看我的衣裳，真巧，花和我衣服上的花一模一样。今天想来，这种花，并不是没有名，只是我不知道而已。否则，怎么会被设计者青睐，创作在布料上呢？我一粒粒地摘下，往衣服的小孔上粘，粘啊粘，衣服上的小孔没有了，我破涕为笑。

无名的、米粒般的紫花，在我最无助的时候，给了我抚慰。自此，我记住了这紫色的小花。后来，我长大了，走出了大山，穿过很多花衣服，看过很多美丽的花，但总忘不了那件蓝底紫花的裙子，忘不了山路旁的那丛小紫花。

春天又来了，山路边的小紫花，你还好吗？

# 偶　　得

　　深冬的一天，我到老城区办事，办完事，时间还早，决定坐公交车回家。正往公交站牌走，一辆车从身边疾驰而过。抬眼看，正是226路车。我急忙小跑。可车不因我的努力而等待，抵站后只稍停了一刻，便开走了。

　　等过车的人都知道，往往一步之遥，错过一班，就要等"半个世纪"。其间有148路、126路车抵站，我却不想上。一是怕转车，二是怕无休止地去擦座椅。疫情的阴魂不散，总让我感觉处处是细菌。口可罩，手能套，其他部位却没有好的防范之法。再说，冬装不比夏衫，又不能天天洗。于是，我坚持等。

　　或许，我的急躁和沮丧写在了脸上。一旁卖花的大哥搭讪了："大姐，买盆花吧。"他的一声"大姐"比"美女"的称呼有温度，仿佛老家的熟人。我扭头的同时，脚也挪动了。

　　他见我走近，忙从三轮车上下来，指着一车的花说："这些花都是室内好养的花，选一棵。"我看他一眼，笑了笑。凡是植物都离不开阳光雨露，哪有好养的？车上草本的花居多，说真的，我是大山的女儿，闻着兰花的香气长大，骨子里有一种清雅，草本的花只认兰花。对木本的花我挑剔得少一点，但它们都不好养。我养过茉莉、木芙蓉、杜鹃……结果它们都"英年早逝"，留给我的是无限伤感。想到这，我转过了身。

"大姐，看看这盆瑞香。"卖花的大哥急忙挽留。瑞香，好听的花名。瑞者，吉祥也。我又回转身。目光所及，兴致索然。一株普通的绿植罢了，干直，枝粗，叶条形。

我笑道："这也叫花？"

"确实，确实是花。"卖花的大哥急了，"你用手掰着看看，花叶间都是花苞呢。"

我伸手触及，叶子光滑，无毛。叶丛中确实藏着花，芝麻粒似的，攒在一起。色紫，是紫荆花的那种紫。别说，小模样还真像含苞的紫荆。端详一番，脑中有了瑞香的雏形，足矣。收手。

卖花大哥看我无心买，又道："这棵瑞香，如配上一个好看的花盆放在花店里，能卖一百好几十呢。你如果买，40元拿走。"他在央求我。

我动了心，不是因为便宜，是因为裸卖。我知道，花店老板有时会在器皿上做文章。去年春节，图喜庆，我上花店买回一盆盛开的杜鹃。花头攒动，色泽艳丽，放在客厅，满屋春色。我喜不自禁。然而，没到一周，叶蔫，花落。我甚为不解。捻捻泥土，干湿正好；论温度，家里开着暖气。杜鹃咋就成了昙花呢？大新年的，家里放着这样一盆花，实在不吉利，只能扔了。抱起花盆，上面的彩绘和题字都睁大眼睛看着我。是呀，当初买下这盆杜鹃，一半是看上了这花盆，它能说话。我放下，用力拔起花，土撒了一地，手上握的竟然是一把树枝，轻飘飘的。无根无须，岂不短命乎？就凭瑞香的裸卖，40 元值了。我扫码付款，带走了瑞香。

到家后，我将枯死的茉莉拔了，栽上瑞香，放在阳台。

翌日清晨，步入阳台，有丝丝香气入鼻，是瑞香。甚喜。自兰花开过，好久没闻到这么淡雅的花香了。我凑近，深嗅。气淡，味重，似八角的花香，沁人心脾，但瞬间又气味全无。我忽而感到瑞香与众花不同，生出十二分的爱。仔细瞧瞧，昨日的芝麻粒成了米泡泡。有的已张开了小嘴，花瓣薄如蝉翼，搂着细密的花蕊。娇俏的模样，惹人喜爱。我嘬起唇，亲吻了它一下。

一日，我坐在瑞香旁，阅读微刊美文，其配乐是李谷一唱的《缘分》，我便跟着哼起来。哼着，哼着，我情不自禁地放声高歌。爱人从书房走出来，惊讶道："咦，你的嗓子什么时候好了？"我用手摸摸自己的咽喉，下意识地咽一咽唾沫，还真的不肿不疼了。

近四十年的讲台生涯让我留下了咽喉炎，一受点凉就犯。入冬以来就没有好过。吃药不见效，还增加胃的负担，索性随它去了。想不到竟然不治自愈。

记得买瑞香时，嗓子还哑着。瑞香入室，嗓子好了。是瑞香带来了吉利，还是它本身有治疗作用呢？我急忙打开百度：瑞香，根、茎、叶、花都可以入药，其性甘，具有清热解毒之疗效，能治疗咽喉肿痛……

呵，还真是瑞香。我对它喜爱中又多了一份感激。我蹲下身子，向瑞香行注目礼。它体香迷人，外形美观，冠呈圆形，花儿锦簇成团。难得一见的是：花在枝头上，嫩叶卧花间。花次第而开，叶逐渐成绿，花与叶密不可分。自然的一往情深让我流下了泪。

"你可记得那一天，疏星几点新月弯，踏着轻轻花间路，缘分仿佛只在一瞬间……"

听着李谷一的歌声，我想起了那一天：那一天，我错过了226路车，结缘瑞香。或许，这就是上苍的安排。

上苍让我们错过了一处风景，必然会让我们与另一处风景相见。遇见的便是最好的。

偶得瑞香，偶得……

# 银　　杏

　　嘈嘈切切、珠落玉盘，惊醒酣睡之人。听，窗外雨骤；想，园中的树、竹、草，仰俯、摇曳，相欢几何；盼，雨歇，饱餐秀色。

　　雨歇，我和夫君急切地去公园。

　　经过石门路，路边散落着很多淡青色的小球，定睛一看——银杏果。夜来风雨声，果落知多少。惋惜，无奈。

　　抬头望向银杏树。银杏树像茅盾笔下的白杨，笔直高大，一丈以内没有旁枝，枝丫也循规蹈矩，长短大致相等，粗细差距不大。一排树木从路的这端向那端延伸，看不到尽头。这是道旁树，不是我印象中的银杏树。

　　树上缀满了果实，青葡萄一般，推推搡搡，似有嬉闹声。夫君惊讶道："怎么没见银杏开花就结果了？""没见银杏开花，就对了。你修炼不到，怎能看见？"其实，我也没见过银杏花。银杏花是夜间开放的，只有心系它的人才能一睹芳容。

　　春天，银杏的第一枚嫩芽跳入眼帘时，我暗暗发誓：今年一

70

定要亲眼看看银杏开花。可惜的是，每到果实挂满枝头，才知道自己又错过了花事。不过，我见过开放在丝绸包里的银杏花。

那是四十多年前的一天，我和小妹到荒山野岭采茶。因山高、岭大、树密、不见日照，生长的山茶，叶厚、质嫩，做出的茶叶香气浓郁、香味醇厚，能卖出好价钱。可是，人们多半不去采，因为山里雾气大，怕迷失方向，走不出深山。

我和小妹为了攒学费，才冒险进山的。我俩正为眼前绿油油的野茶惊喜时，一股山雾野兽一般扑来……

我拉上小妹就向山下奔，幸好前面有条山溪。我从一本书上看过，山溪的出口就是山的出口。我们便顺着山溪逃，果真，在山溪出口处，看到了朦胧在雾气中的草房顶……再往前，看见了泥土墙。有救了！

草房子的门虚掩着，我伸出食指和中指，轻轻敲了敲，门微微开启，我看到了一位漂亮的婶婶。她一双弯弯的眼睛，笑吟吟的。"哎，哪来的两个姑娘，好大的脸，真漂亮！"我平生第一次听人这么夸我，心里乐开了花。至今还以脸大为荣呢。婶婶把我俩拉进家，忙着烧茶、炒瓜子……

我和小妹倚门而坐。雾渐渐散去，屋前的树一棵棵走了出来。其中一棵树上缀满了果子，绿豆似的，挤挤挨挨，好奇特。我拉起小妹，走到树下。树不高，仰头能看到树顶。树枝婆娑，粗细不一，树上的叶子像一把把小扇子。大概是怕果子受热，在轻轻地扇着呢。我摘下一片，新奇。叶子的边缘是分开的，而到叶柄处又成一体。奇特的样子，让我想到了小妹和我："小妹，你看，

71

这叶子像不像你和我？你我虽不是亲生姐妹，但我俩有同一个家。"小妹接过叶子，翻来覆去地看，喃喃道："下辈子，我俩就变成这种树吧。""这种树？这是什么树呢？"我抓耳挠腮。

"这是白果树。"说话间，婶婶已经端着茶和瓜子来到树下。"白果树？开花吗？"我好奇地问。"开。没有花，哪来的果？""好看吗？""好看。"婶婶说着把茶和瓜子放在我手上，便往屋里走。

一会儿，她捧着一个包裹走到树下，慢慢打开包裹，露出折叠整齐的红丝绸。婶婶小心翼翼地掀开红丝绸……哇，是刺绣，绣着银灰色的树枝，深青色的叶子，叶子边缘相离，叶柄合一，是白果树叶。枝与叶间是一枚绿色的穗子，形似桑葚。婶婶指着穗子说："这就是白果树的花苞。"

她说着，又掀开一层。我看到树枝间的那穗子变成了半熟的高粱，橙黄色的，饱满殷实。穗子的四周用黄丝线绣了许多小圆点，我想那就是花粉吧。

第三层红丝绸上绣的是两颗并蒂的青色果子，和眼前树上的白果一模一样……我看得如痴如醉，伸出手想摸一摸，婶婶却快速地将红丝绸对折了，那动作，那神态，分明是怕我玷污了它。

自那一刻起，婶婶连同她绣的白果刻进了我的记忆。

知道"银杏"这个名词，是在电视剧《渴望》播出时。剧中的银杏树见证了主人公罗刚的情感历程，作为他内心渴望的载体写入《银杏树下》。银屏上的银杏树，干粗壮，枝婆娑，让我想起婶婶家门前的白果树，好惊！好喜！于是查资料，得知银杏又名白果，春天，叶绿似翡翠；秋天，叶黄胜金子。

银杏、《渴望》、刺绣、婶婶……不知怎的，一起走进我的心，揪着我，是痛？是怜？婶婶和白果亦如罗刚和银杏吗？

我拨通家里的电话，向妈妈问起深山里的那位婶婶……原来，婶婶的丈夫新婚不久，进山伐木，一去不归。婶婶从二十几岁守寡至今……

听着妈妈的讲述，我的眼睛模糊了，泪眼中又看见深山茅屋前的那棵银杏，看见婶婶绣的银杏枝，银杏花，并蒂银杏果。"风韵雍容未甚都，尊前柑橘可为奴。谁怜流落江湖上，玉骨冰肌未肯枯……"婶婶不就是李清照笔下的银杏吗？玉骨冰肌只为爱，孤寂不枯缘是情。

一晃，四十多年了，不知婶婶是否仍健在。我相信，深山茅屋前的那棵银杏，一定会硕果累累；那些绣在红丝绸上的银杏叶、银杏花、银杏果，一定还鲜艳如初。

捡起地上青色的银杏，轻轻剥开，一瓣与他，一瓣与我……

# 文　竹

冬是怀旧的季节，弥漫着雾的冬日，更易撩起人的情思。

漫步于街，一切是那么的喧嚣，又是那么的寂静。不自觉来到一家花店——天地缘花店。多好的店名啊！

店里的绿植鲜花，大概也是千年修来的缘分，在这寂寥的冬天，温暖一室，做着绿肥红瘦的梦。绿植葳蕤，花更是妩媚可人。"泣露光偏乱，含风影自斜。"蝴蝶兰润洁轻盈，玉舌微卷，叫人心生怜爱。"杜鹃花发杜鹃啼，似血如朱一抹齐。"一盆盆殷红如血的杜鹃，让春的和鸣在耳畔响起。心怦怦的，又慢慢平静。这般娇宠、妖艳的花，终不属于我。

走近绿植，亦如走进夏天。枝肥壮，叶浓绿，挤得出浆，掐得出水……像刚出月子的乳娘，丰腴之至。可是，它们与我似隔着什么，至少，入不了我此时的心境。

转身欲去，店角处一盆绿植拉住了我——翠羽柔枝，如云，如雾……恰似一束光反射过来，带着体温。眼暖暖的，心暖暖的。忧郁的冬日，在温馨的花店与文竹邂逅，心晴朗了。

我即呼店主人，付了款，带着文竹回家。

记不起，这是第几次买文竹了。每每都是兴致勃勃地买回，又心痛如绞地失去——

第一次买文竹，我还不到 20 岁。陪朋友一起逛县城，城中遇一小花市，花市有花草鸟鱼。朋友付出 3 元钱换得一盆花。我舍不得花 3 元钱，挑来拣去，最终看到了 1 元一盆的。向老板咨询，得知那盆盘根错节、蓬头垢面的植物叫文竹。仔细一看，植物是丛生的，每一根茎都有若干节，节上生枝，枝上生叶，与竹子相似。每根茎，每条枝，每片叶都斯斯文文。文竹，名副其实。我对它有了好感。老板兴许看出了我的心思，又介绍文竹的奇特功效：能分泌出杀灭细菌的气体，预防感冒、风寒。还真是价廉物美。我爽快地把 1 元纸币放在老板手里，端走了文竹。

从没养过花草的我，担心养不活，又到新华书店，狠心花了 2.3 元买了一本《家庭养花 500 题》。崇尚知识的年龄，一切都照着书上办。白天把文竹放在通风处，夜晚把它搁置在露台上。知识的引领，加之我的精心呵护，文竹一天天变绿，一天天拔节。纤细的枝干撑起蓬，蝉羽般的叶子伸展如掌。

白天，静坐书桌前，打开书，轻启窗，清风徐徐，文竹摇曳，柔绿添香，简陋的居所清芬馥郁；夜晚，凭窗而立，清辉弥散，文竹疏影微移，夜在静谧中又多了几分遐思。

也许是文竹过于美丽，遭天嫉妒；也许是我太俗，不配这份清芬高雅。盛夏的一个夜晚，骤雨狂风掀翻了花盆……在我最忘情的时候，文竹离开了我。

第二次养文竹，是近而立的年龄。刚离开故乡来到肥西桃花中学，我住在旧教室里。面对满屋的莘莘红感到单调、压抑，我便拖着爱人到花市买花。在花市转了小半天，我还是买回一盆文竹。大概是因了一个"竹"字吧。

我的老家在山里，漫山遍野都是竹子，春天一到，竹根处鼓出大大小小的包，一枚枚新笋呕待破土。我们急吼吼地等着挖竹笋，捡笋衣。夏天的大山是多情的，常常东边日出西边雨。每每这时，我们一群穿开裆裤的娃娃就疯到山冈，对着河东的一片竹林叫喊："出降（虹）了！出降（虹）了！"神奇的是，在我们的叫喊声中，一弯彩虹就从竹林中喷薄而出，射到半天空……于是，我们的叫声更响，更亮！冬天的大山是美丽的。雪一下就是十来天，山舞银蛇，河塘成镜。竹叶白了，竹枝白了，竹竿也白了……它慢慢低下头，弯下腰，就在它气喘吁吁的时候，奇迹出现了——竹林里这儿那儿，露出了灰色的房顶，升起了灰色的炊烟……一幅泼墨画泼在山山岭岭，村村寨寨。

竹林、竹子给了我最初的美的启迪，开启了我最初的想象，是我童年的故乡，故乡的童年。

买回文竹，把它放在铺了白纱的圆形小桌子上。绿一落脚，满屋温馨。

上完一天的课，人累了，四周也累了，没有声响，没有光亮。我俩无处可去，便围桌而坐，摆上棋，拧开灯，橘黄的灯光把文竹的影子投在棋盘上，斑斑驳驳。将棋子放在棋盘的那一刻，仿佛将宝贝藏入荆条藤蔓中……儿时游戏的快乐一一袭来，乐得我失声大笑。每当这时，对面的他便成了丈二和尚。

殊不知，一天晨起，发现放在走廊上的文竹毁了：根折，枝断，叶落……经调查，是几个无知的孩子所为。因为我上课批评了他们。可怜的文竹因我的"错误"受了牵连，遭了劫。以后好多年，我不再养文竹。

近来几年，总时不时想起文竹，心心念念。三番五次地买文竹。不知是水土变了，还是文竹变了，每次买回家，活不过半年，就夭折了……尽管如此，还是难断我的念想。

把文竹放上木质花架，我想起了一句诗"清芬文静姿容雅，冷暖阴晴色一同"。恋文竹，无论阴晴冷暖。

# 喷　泉

　　清晨，沏一杯茶，走向阳台。初冬的阳光暖暖地笼着，花草被宠得忘了季节。幸福树把一年积蓄的绿都拿了出来，在阳光下晒着，幸福可掬；蟹爪兰不知什么时候做了美甲，一爪爪搭在盆沿，美甲鼓饱饱地翘着，仿佛一眨眼，就满盆春天了；长寿花，挺着高挑的个子，头顶一朵玫红，比太阳还暖……楼下，绿色成堆，一棵棵树，一片片叶子，都在暖阳里伸着懒腰。纤弱的斑竹，银亮的雪松，墨绿的香樟……在我的俯视中都成了绽放的花，一朵朵，一团团，一片片……

　　这些植物走出小区，越过马路，站到翡翠湖旁，便分不清种类，辨不出枝叶，成了峰，成了峦。峰峦淹没了路，淹没了桥，车辆成了过山车，在峰峦中钻来钻去，叫人生出许多的想象。翡翠湖像一块碧玉，静静地沉睡在峰峦的怀中，峰峦将其勾勒，尽显屈曲妩媚。忽而，喷泉似游龙，从湖里腾起，直冲云霄，水雾弥漫，浮在湖的上空，像撒出的网，又像乌桕树的叶子，沉浮，翻转……

我不是画家，但我懂得美是点、线、面恰到好处的组合。此时，喷泉无疑是我视野平面上的那根举足轻重的线，生动了周围的一切，湖醒了，楼俊了，绿树形成的峰峦憨厚了……

也许是羞于天的蔚蓝，也许是故意同白云嬉戏，喷泉在触及云天的一瞬，猛地倾斜，倾斜成旗——银旗，舞动着。水柱便成了旗杆。风的助兴，旗子喜出望外，绕着旗杆舞，舞着，舞着，旗子消失了，旗杆粗壮了，成了擎天冰柱，立于湖，擎着天；兴许是冰柱离太阳近了，柱顶渐渐融化，像蜡烛流泪，形成一座冰雕。一双无形的手在冰雕上凿刻，冰屑四溅，折射着太阳的光，景致便在光里朦胧了。

朦胧中出现一座不大的四合院校舍，坐北朝南，南面是田野，北面也是田野。一条小溪从田野中穿过，为四合院唱着欢快的歌。四合院西北角的一间房子是办公室，矮矮的，开了一扇门，四扇窗子，北面正中放着一张八仙桌，因桌腿磨损不一，三条桌腿下垫了砖头。桌上放一台12英寸的黑白电视机。六张办公桌在八仙桌两边一字摆开。这里便是我活动的主要场所，改作业、备课、与学生谈心。

一天晚上，我改完作业，备好课，便打开了电视。电视里，一股水流从地上冒出，直冲云天，在顶端开出了喇叭花，水从花心喷出，源源不断……18岁的我，在山区一所小学，第一次见到喷泉。惊艳，震撼！喷泉的神奇美妙触动了我的心，也击垮了我心中的骄傲：曾以为师范学校所在的县城就是整个世界，此时，才知道自己视野的狭小。于是，我憧憬起外面的精彩，憧憬能见到真实的喷泉。我开始读书、自考，日子在诗词歌赋里婉约，时光在经典中温柔，生活在婉约温柔中改变。1989年初秋，我来到了合肥工作，看到了山里没有的许许多多，见到了真实的喷泉。

1995年国庆，明珠广场首次开启喷泉，我激动不已，一早起来顾不得吃饭，和爱人带着5岁的儿子，就往明珠广场赶。谁知广场入口处已人山人海，售票处排了长长的队。爱人放下背上的儿子去买票。我和儿子站在入口处等，见一拨一拨人持票而进，我急得团团转，唯恐人满限流。好久，爱人气喘吁吁地跑过来，把两张票往我手里一塞："快，快进去。找个靠近的地方，给儿子多拍几张照片。我就不进去了。"说着把我们娘俩推进了门，自己却站在门外……

得知明珠广场开喷泉的消息，数他最激动，滔滔不绝地和儿子讲喷泉的原理，讲声控喷泉，讲音乐喷泉，还特意向同学借了照相机……怎能不进去呢？我看了看票价：5元。我明白了，5元钱是我们仨一天的生活费。我的心一阵酸楚。真实的喷泉就在眼前，我却激动不起来，遗憾慢慢涌上心头。

1998年，芜湖之旅弥补了我的遗憾。我本科自考进入了论文答辩阶段，答辩在主考学校安徽师范大学。我犯怵了，芜湖对于我是天边，一次没去过。自接到通知，我就忐忑不安。去芜湖的前一天晚上，我在书房准备答辩材料，爱人走进来："别看书了，看这个。"我一抬头，看到他手里崭新的照相机。"哪弄来的？"我惊讶地问。"买的。你不是要去芜湖吗，我和儿子也沾沾光，跟你一道游芜湖。去芜湖不能不看长江大桥，看长江大桥不能不拍照呀。"爱人得意扬扬。我知道他在撒谎。他正在参加数学青浦经验教改，常常忙得通宵达旦，哪有时间去玩。他是怕我一个人出远门，心里胆怯，影响答辩，特意陪我的。就这样，我们仨一起去了芜湖。

仲夏的芜湖，温润，凉爽。夜幕降临，镜湖旁中山路步行街灯火辉煌，我们仨漫步于街，远远听到轻快的音乐声，循着乐声而去，眼前出现了仙境，光、影、声的仙境。幽蓝的光柱，环成一个光台，灯光忽明忽暗，忽左忽右，忽上忽下，梦幻一般，伴着音乐的变化，光柱变幻着色彩：幽蓝，暗紫，雅黄……每一根光柱都在喷水，每一个喷嘴都曲声悠扬，每一个音符都飞溅着水花……音乐彩色喷泉！儿子乐得手舞足蹈，猴一般钻进了水花里。我不知是兴奋，还是为了保护儿子，也钻了进去。沐浴着喷泉的清凉，感受着异地风情，心说不出的大，大得要挤出胸腔。喷泉，温柔了我的旅程。这份温柔让我拿到了论文答辩的好成绩。

我跟着记忆在过往中走，眼前朗润了，不知何方神圣在冰雕底座使了魔力，冰雕蓦然坍塌，化成了水，融进了湖……氤氲的水汽一点点散尽，翡翠湖更加清秀了，惹得楼宇、峰峦都钻进了湖里，生出海市蜃楼，生出童话，生出无尽的情愫——一柱喷泉，"半亩方塘"，天光云影，人情岁月，温柔着我的时光。

我收回目光，呷一口清茗，守候明天的清晨……

81

# 雪

一场大雪热闹了朋友圈。美图似雪片纷纷扬扬。受美的感染，我戴帽、披氅、套靴，去看雪。

刚出门，我便疑心自己走错了地方。雪模糊了建筑物的高低，模糊了小区的豪华与简陋，也模糊了路与路的界限。雪花如席，茫茫一片。

走在雪中，心静了，空了。什么也不想，抑或什么也来不及想，每一处雪景都叫人惊艳！

树是雪最美的杰作。瞧，常绿树失去了平日的矜持。侧身顾盼，低首含胸，解散发髻……由于树叶的宽窄不同，大小不同，下垂的姿势不同，呈现的雪景也不同。真乃风情万种，尽显娇媚。

走近灌木丛，就像走进了水晶灯的世界：圆形的叶子托着厚厚的雪，像精致的吸顶灯；心形的叶子将雪塑成了桃，微微翘着，似壁挂灯；一些小而尖的叶子被雪裹着，有规律地下垂着，似殿里豪华的吊灯……无论哪一种灯，都透着白炽的光，叫你睁不开眼。也有特别薄、特别尖的叶子，上面一片雪花都没有，它们是叶子中的赤子，单纯得不求拥有，光洁，碧绿，在水晶宫中微笑。更有零星的红叶在雪中半掩半露，挑逗着彼此，挑逗着行人，只叫人心痒痒，手痒痒。凝视它的同时，我在问自己：美，是精神的还是物质的呢？

落叶树披着雪，如雾凇，似雪柳。时而打个颤，雪屑纷纷，叫人听见玉碎落地的声音。雪包裹着每一根枝，每一个丫，每一瓣含苞待放的芽……于是，枝枝、丫丫、芽芽都清晰可数。粗糙的树，被雪装点得冰清玉洁。人如能像雪，不计成本地付出，还有什么不可改变呢？

雪中，偶尔会遇见梅花。说不出，是雪映衬了梅，还是梅装点了雪，非一个"俏"字所能概括。蜡梅，乖巧地藏在雪中，花瓣露出点尖儿，似雀舌，叫人听见婉转的鸟鸣。一瓣一瓣攒在一起，如少女含情回眸，娇羞得很。红梅呢，仿佛早就和雪私订了终身，将生来储蓄的美一下子绽放出来。做了雪的新娘，娇艳风骚，火辣辣地吻着雪，雪便一点点融化，注入了红梅的肌肤。

湖也是雪得意的作品。厚厚的雪像一床大棉被，环湖而铺，湖便没有了岸，就那么清汪汪地沉着，沉着。少了一份浮躁，多了一份安静。湖的曲线在雪的丹青妙笔下显得起伏有致，像一位侧身哺乳的年轻妈妈，饱满中又有着母性的温暖。

目光在湖面上匍匐，与尽头的一个身影撞上了，是柳宗元还是张志和？我揉了揉眼睛——一个垂钓者，个头不高，一身黑色衣服，戴着老头帽，围着围巾。本以为"独钓寒江雪"只是诗，不想还真是生活。

　　我隔湖望着钓者，他始终没有提竿，是鱼没上钩，还是他沉醉在一种境界里忘了所求呢？他静静地垂钓，我静静地观赏，他敦实微胖的身影让我想起了父亲。

　　大概是我上初三那年吧。傍晚，下起了雪。我顶着雪跑回家，进门和母亲撞了个满怀。"快，把蓑衣送到河湾，你爸在洗葛粉呢。"我接过母亲手中的蓑衣、斗笠，又走进雪中……

　　山里的雪，亦如山里的人，慷慨大方。眨眼间，地上已是厚厚的一层了。站在山冈看河湾，河床成了水墨画。大大小小的白，高高低低的白，长长圆圆的白……褐色丝带将其缠绕，丝带一会儿粗，一会儿细，看得我忘记了一切。直到寒冷惊醒我，我才想起手中的蓑衣、斗笠。我跌跌撞撞来到父亲面前，父亲头上白了，身上白了，脚上也白了。眉毛上、胡须上都是雪，我眼睛涩涩的……但很快我又忘记了。直到40年后的2018年2月4日，我再一次想起——

　　大雪下了四五天，天地间银装素裹，洁白，但带着哀伤。我的父亲走了，走进了雪里。悲痛中，我想起了40年前的那场雪，那道河湾，那个父亲——站在雪地里，低着头，弯着腰，双手不停地忙碌……或许，这就是父亲一生的缩影。

　　我慢慢走向垂钓者。"老哥，大雪天能钓到鱼吗?"他纹丝不动，一定是耳朵捂得太紧，没听见。"老……"我刚张口，他说话了："能不能钓到鱼无所谓，享受这份清雅，足矣!"语调沉郁，语速缓慢。"这样冷的天你立着不动，会冻伤身体的。""哈哈，即使雪中死，做鬼也圣洁啊。"

　　老哥的话虽有点文艺，于我，倒是醍醐灌顶。母亲先于父亲17年走的。母亲走时，雪下得很大，很大。母亲的灵柩是枣红色的，抬到后山，竟成了白色的。17年后，父亲又在大雪天走了。父亲、母亲一辈子为人正直，悲悯，善良。他们走在雪天，魂归纯洁，得以永恒。

　　雪还在下，一团一团往下落，落在我的眼里、心里……

# 筛 时 光

风一阵，雨一阵，拍打着窗。我索性起床，拉开窗。雨，扑了过来。经过窗纱，扑我一脸。很快，窗台上、书上都是雨。细雨应识字，读书透纸张。书上的雨点均匀、稠密，湿洇着。晕开了，周围起了皱，有立体感，活像一把把小筛子，文字成了筛眼，瞪着我——

儿时的我，常扒在筛子上，与筛子比眼睛。那是一张圆圆的大筛子，眼也很大。我的眼睛比筛子眼睛小。但石子比筛子眼睛大，总也逃不过筛子眼。

这种筛子是用来筛火粪的。初秋微雨是种麦子的好时辰，家家户户都筛火粪、种麦子。门前场地上，三哥、四哥抬着筛子，父亲一锹一锹把火粪铲进筛子。筛子在俩哥哥手中来回地荡着，粪土从筛眼漏下，细软如粉，黑亮如油。筛上，没有燃尽的树枝、没有拍碎的沙子瞪着筛子眼，有话说不出。父亲弯下腰，抓起一把火粪，攥捏着，仿佛攥捏着谷物，一脸笑意。

雨大了，上不了工。父亲和哥哥们在天井一旁搓绳子，打草

86

鞋。母亲和嫂子架起磨子，开始磨面。母亲通常站在靠天井的一边，她一手扶着磨担，一手握着竹耙。竹耙是竹枝做的，细长细长的。末梢弯曲成钩。母亲用它把磨膛里的玉米或麦子，一粒粒扒进磨眼。这可是技术活，扒多了，磨的面粗；扒少了，不仅浪费力气，还损伤磨子。只有母亲能让磨膛里的谷物学乖，按照主人的意愿进入磨眼。磨子转动，白花花的面粉顺着磨盘往下撒，下雪似的。

我觉得很神奇，吵着要拉磨。母亲把手移了移，让给我一点位置。我把着磨担，可总合不上母亲的节奏，被拽得伸脖子、撅屁股，只得站到一边。

谷物磨好了，母亲就支起簸箕，拿出筛子，把磨好的面过筛。筛面的筛子小巧，圆滑，眼儿细密。母亲双手把着筛子，手腕轻轻一扭动，面粉便攒向筛心，边攒边从筛眼纷纷撒下，像天井中的雨，一丝丝，一线线。丝丝线线，织成了帘。面帘，雨帘，相映成趣。屋内活泛起来了，像上映着电影。每每这时，母亲总是笑意盈盈。于是，我常常盼下雨，盼筛面……

我虔诚地托起双手，雨落掌心，如火粪，如面粉……我心心念念，念筛，念有筛的时光。

午后，雨过天晴。我捧上一本书，躺在飘窗下的榻榻米上，阳光照了进来，舔着我。阳光和雨一样，射出是线，落下是点。我真切地感到皮肤上的温暖成点状，在跳跃。我向来只在意它的热和光，忽略了它的形状。风凑热闹，也从纱窗钻进来，和阳光一起，为我按摩，指法轻柔。书经不起温情，羞红了脸，橘红橘红的。文字在橘红中飘忽——

飘忽中，我看到了三毛。她和荷西坐在海边迎接新年，三毛在胸前合拢双手许下心愿"但愿人长久"。可许愿的人终被那双温暖的大手松开……

翻过忧伤，我看到了龙应台。她和儿子华飞正漫步在克伦威尔大道上。母子俩聊脚下的土地，聊土地上的骄子拜伦，聊《唐璜》，聊歌德，聊《少年维特之烦恼》……血脉相融里注入同一兴趣爱好，生成的新物质就是幸福吧。

读着美好，我听见了林清玄的心声：清静寺院里的师父都要昼夜清洁自己的内心世界，居住在五浊尘世的我们，不是更应该磨洗自己的心吗？此时的他正盘腿而坐，在倾听法师解读木鱼之眼。"木鱼是不闭眼睛的，昼夜长醒，就是叫修行的人，志心于道，昼夜长醒。"

我闭上眼，清洁自己的内心。忽而，听见母亲在山冈上呼唤我。我朝着母亲奔，上气不接下气……醒了。

那时，我七岁。和我一起玩的小朋友都上学了。我的两个哥哥也上学了。父亲说供不起三个人读书，我只能留在家里，孤零零的。

一天，我正在池塘边看蛇戏青蛙，听见母亲喊我，我循声望去，母亲站在远处的山冈上。我心一惊，橡子豆腐没卖出去吗？为了贴补生活，母亲上山捡回橡子，去壳，浸泡，磨粉，做成橡子豆腐到修路工地上卖。有时，工地上卖不出去，就要到很远很远的集镇卖。这样的时候，我就要为母亲做伴。我向母亲跑去，母亲也向我跑来。与我相隔两三步距离，母亲一下子甩了空竹篮，从衣襟里掏出一本小人书塞在我手里……她嘴唇颤动，却没发出声音，双手不停地捋着我稀少的头发……

这本小人书，赶走了我的孤独，培养了我的兴趣，某种程度上决定了我的性格。我喜欢一个人独处，喜欢看书，喜欢用一本本书编织孤独，在孤独中狂欢。退休后，我的多半时光都给了书，给了这扇窗。

晚上，锻炼回来，不急着冲澡，先到窗下。推开玻璃窗，窗纱将月光筛了一室，清澈如水。窗外的乌桕树投映在水中，疏影横斜。叶子在水上荡着，小船一般，叫人听见艄公的号子。

我第一次坐船，是在四五岁。因感染了疟疾，我高烧不退。母亲带我到二十里开外的地方求医。中途有段水路，要坐船。母亲背着我早早来到码头。太阳一竹竿子高了，才听见船工的号子。船也依稀可见了，坐满了人。不知是人多，还是船工看出我得了疟疾，怕传染。船快到码头时，他突然加快了摇桨的速度。眼看船就要从我们身边溜走，母亲扑通一声跪在了地上……

我们上了船，却进不了船舱。母亲坐在船头，紧紧搂着我。早春的风携着浪花，裹着凉意，扑着我们。母亲蜷起身子护着我，牙齿抖得咯咯响……一会儿，有雨滴滴在我的脸上。抬眼看，雾水凝成的水珠，正一粒粒从母亲的发丝滑下，湿了母亲的头发和衣衫，也湿了我的心。

……

飘窗，将时光筛了一室，斑斑驳驳。昨天和今天，相离又相

89

连，相近又相远。亦如筛上面的和筛底下的，一个粗糙，一个细软。

　　读着一室时光，我流泪了。晶莹的泪光中，我又看到了父亲、母亲，看到了晃悠的筛……

# 炒　　锅

大概是铁器价廉，多数人家都用铁炒锅。

我第一次认识锅，就是老家土灶台上那两口锅。用来煮饭、蒸馒头的那一口大一点，锅口直径足有二尺多。用来炒菜的那口锅小一点，锅口直径在一尺半左右。这两口锅盛着我幼年的所有希望——吃，喝。

由于烧柴，时间长了，锅底便结上一层厚厚的锅烟。母亲常把锅从灶台上取下，靠在灶台旁，一手扶锅，一手拿铁铲，一层一层，铲去锅烟。地上渐渐积起厚厚的烟尘，锅底渐渐呈现出本色。

生铁铸造的物什，容易断裂。我曾见过母亲把锅铲裂。裂了，便将牙膏袋内层洗净，擦干，用火烧。这时，牙膏袋中的锡便熔化了。锡水滴在裂缝上凝成雨点状，瞬间就干了，不影响当天烧饭炒菜。时间长了会渗水，灶膛里的火便烧不旺，用母亲的话说，煮饭炒菜就是受罪。但只能将就着用。到了年关，在母亲的一再央求下，父亲便到供销社买一口锅，用头顶回来。

就这样劣质的锅，过年时，却能蒸出白胖胖的馒头、香喷喷的米粉肉。平时，锅几乎不沾油，但也未见锅煳过。不知母亲用什么妙计征服了它。

我成家了，告别了土砌的灶台。烧饭用电饭锅，炒菜用炒锅，也许是熟铁锻压的原因，炒锅很耐用，一口炒锅一用就是10多年。

2010年，上大二的儿子暑假回来，下厨为我们做菜，做了几次菜，嫌弃炒锅单薄，好煳，油烟重，便花840元买了一款苏泊尔加厚不粘锅。这款锅确实好：炒菜，油烟少；红烧菜，受热慢，入味透；尤其是煎豆腐、炒蛋，干净利落，不用洗。不过推前拉后颠锅就不容易了，不是一般的腕力能对付的。但，我仍然喜欢。

我这个人统筹观念强，喜欢一时做多事，一边烧菜，一边上网、看书或拖地。可我忘性又大，几次将菜烧煳却不知，炒锅里的一层不粘膜全毁了。炒肉，炒蛋，煎豆腐，和先前那口锅一样，粘，煳。一气之下扔了。

为了防止悲剧重演，我花200元买了一款普通炒锅。便宜无好货，买时心喜，用时心烦，比起加厚苏泊尔差远了。煎留痕，炒烙印，煮起纹……每烧一样菜就要彻底清洗，我对它渐渐产生了厌倦。再烧一次就扔吧。

心里这样想，手下便无顾忌。打开灶头，倒上食用油，将切好的白豆腐干往锅里一倒，便用铁铲炒起来，"嚓——嚓——嚓"，随着铁铲的翻炒，锅壁粘满了豆腐干痕迹。速度放慢，痕迹越发清晰：杂乱而有章，像一片片巴根草，顽皮地扒在锅上，伸着懒腰，交头接耳……又像月光拂过梅枝，斑斑驳驳，一锅的遐想，想着，想着，便有了梅香。炒锅上的豆腐干痕迹不再令人讨厌，却给我一种美的享受。

我停下手中的铁铲，静静地看着这些"巴根草"由白到灰，再到黄，仿佛演绎着季节的更替，我若有所思……

有了这次体验，煎豆腐，我不再马虎。我将豆腐切成一寸见方的块，放进油锅里，用铁铲轻拍两下，翻起。炒锅底出现一方"印章"，应该是甲骨文的。印章的边缘有着花纹，像牛皮纸浸水后的杰作。当一锅豆腐块都被铲起时，铁青色的背景，土黄色的"印章"，加上散落其间的金黄色的豆腐屑，一幅大气奢华的印章图便出现在眼前。

我想，凡·高的《向日葵》或许是受生活中非向日葵事物的启发，才会画得那样艳丽华美而又有几分俗气。

如果有一人，既是画家，又爱烹饪，那么炒锅上的艺术一定会启发他（她）创作的灵感，使他（她）创作出绝世佳作。

忽而，我又想起母亲。她一个大字不识，说出的话却多有哲理。"命就像脑颈窝子一撮毛，摸到看不见。""眼是孬种，手是好汉。""吃得眼前亏，方有后来福。"……她的这些道理是不是从一日三餐的炒、煎、烧中获得的呢？

炒锅，价廉，价不廉。

# 棒槌声声

"嘣——嘣"棒槌声起,妈妈掀起了我的被子:"起来,起来,都什么时候了?"我惊恐地坐起,揉揉惺忪的眼睛,见身旁的他紧闭眼,微张嘴,酣睡如痴。原来是梦。

我抱着枕头,回味着梦境,想念着妈妈……楼下真的传来"嘣——嘣"的声音。梦境与现实,此时浑然一体,分不清彼此。是棒槌声进入了我的梦,还是我的梦邀来了棒槌声呢?

"嘣——嘣"一声接着一声,沉闷而有力。我仿佛看到了粗壮高大的浣衣女,甚至看到她忧郁的脸。

"玉户帘中卷不去,捣衣砧上拂还来。"我想,张若虚笔下的捣衣砧,若发出声音,应当是"咚——咚"的乐音吧。能配"玉户帘"的棒槌,应当是樟木或橡木的,因质地坚硬,一槌下去,发出的声音是清脆干净的;浣衣的思妇幽怨惆怅,手在洗衣,心在思念夫君,神情恍惚,有气无力,棒槌举得很低,落下的声音应该是轻而有韵,闷而不沉。

棒槌和女人是有渊源的。且不说古诗中棒槌的思愁意象,就说生活中的棒槌，那也和女人有割不断的联系。

记得在老家，姑娘出嫁，棒槌是嫁妆之一。棒槌的质地、形状根据陪嫁人的品位而有所不同。殷实讲究的人家会选上乘的樟木或橡木，请专门的匠师精削，细凿，反复抛光，做成鲤鱼模样，用清漆漆刷。再在鲤鱼的尾椎处钻直径约一厘米的孔，将铜环镶嵌其中。一根红丝绳穿孔而过，系成蝴蝶结，给鲤鱼平添一分喜气。鲤鱼通体泛着光，似乎一放入水里，就会"叽——叽"摆着尾巴游走。

设想，晴好的早晨，阳光爬上山峦，跌在小溪里，小溪流淌着金子，灿灿的。一个初嫁娘，髻鬟始掠，面带娇羞，俯身溪边，将衣衫轻轻一抖，落入溪里，碎了一溪金子，继而，一手握着棒槌，一手拂弄绫罗绸缎，"咚——嚓""咚——嚓"……溪边柳树上，鸟儿和鸣"叽叽喳喳"……天籁合奏，该是怎样的一种意境美呢？

一般的人家，随意捡一截木头，抡起斧子砍几下，修一修，便了事。嫁娘手上的棒槌表露了家境的殷实与贫寒，彰显着家人的讲究与随便。

我家算不得殷实，我出嫁时，父母已过花甲之年，嫁妆都是哥哥嫂子一样一样凑齐的。母亲把她当年陪嫁的首饰给了我，算作嫁妆。父亲没得给，便亲手给我做了棒槌。

一个阴雨的日子，父亲不出工，便为我做棒槌。他在堆积如山的木料中翻来找去，找出一截老辣的檀木。量，画，锯，削，凿……做成后，又用桐油油、清漆漆。油漆干后，郑重地放入陪嫁的箱子里。至今我还清楚地记得，父亲放棒槌那一刻，神情是凝重的，似有歉意，又似是嘱托……

可见，棒槌就是新嫁娘的身价。

老家还有一句俗话：进屋看锅前，出门看棒槌。能干、勤劳、手巧的女人，总是把锅前灶后料理得清清爽爽：木制的锅盖抹得泛白，老布的抹布洗得透亮。锅前是女人的名片，棒槌是女人的标签。只要看一眼女人手中的棒槌，就知道这个女人能不能立事。有的女人，手中的棒槌还是半新，棒槌一落下，衣服上就留下木屑的斑痕；有的女人，手中的棒槌用旧了，变了形，但光泽不减。前一种女人一定懒散，后一种女人一定细心严谨。因为，棒槌形似鱼，懒散的女人用完了随处丢，棒槌上的水沥不干，沉入"鱼腹"，久而久之，"鱼腹"部便腐烂了；细心严谨的女人，用完棒槌便挂起来，或靠着墙壁竖起来，透风沥水，棒槌越用越光亮。

棒槌还张扬着一个女人的勤奋。山村的早晨是鸡和棒槌报晓的。一阵鸡鸣过后，清晨又沉入寂静。这时，古井旁、石桥边便传来"咚""咚""咚"或"砰""砰""砰"的棒槌声。凭着声音传来的方向，人们就知道哪家女人早起。女人手中衣服的质地、洗衣时的心情以及用手拂衣的情态都会被棒槌声诠释得一清二楚。

二十几年前，我住在学校院子的东南角，一个院子里有十几户教师，每天早晨总是东南角第一个响起棒槌声。随之，这儿那儿"咚——咚""乓——乓""砰——砰"的棒槌声此起彼伏，和着枝头的鸟鸣，奏起了校园最美的晨曲。女教师们生活的节奏、仪表的光鲜以及工作的激情都融入了晨曲中……

现在，住上了楼房，用上了洗衣机，槌棒也无用武之地了。我置之于高阁，视之为珠宝，常抚之、思之，一种厚重感涌上心头。

"嘣——嘣"楼下棒槌声声，或抑郁，或无奈，或厌倦，于我都是一种亲切，梦境的亲切，故乡的亲切，曾经的亲切……

# 火塘记忆

已是四九。俗话说："三九四九冰上走。"今年的冬天阴多晴少，待在家里如置身冰窖，寒气顺着裤管往上蹿，直至全身发抖。可我仍不愿开空调。空调太计较了，给你温暖的同时，摄取你身上的水分。每当这个时候，我就怀念起童年，怀念起老家的火塘。

在灶房靠墙壁的地上挖个坑，一尺来深，或方，或圆，或不规则，内部四周砌上砖石，中间烧柴，取暖，即火塘。百度中是有详细解释的。童年取暖的火塘还是非物质文化遗产呢。

老家的火塘是正方形的，火塘正中的上方从屋梁垂下一根铁链，铁链一端挂着铁钩，铁钩上挂着吊罐。吊罐是铁质的，可以烧水，炖肉，煮蛋……火塘里烧的柴多半是从土里刨出的根蔸。一是因为根蔸盘虬怪状，灶膛烧不了；二是根蔸老辣，耐烧。

冬天的早晨，我总是一翻下床，便提着裤子、趿着鞋、抱着衣服往火塘跑。火塘里的火烧得红红的，坐在火塘边穿衣，衣服没穿好，脸就发烫了。

有时起早了，火塘的火刚刚生着，只见大人把一个大根蔸扣在生着的火上。根蔸上的根须就像头发一样，见火便着，"滋——滋"便烧到了"头皮"，进而烧到"血肉"。我常常看着发呆，火塘上的根蔸恰似一头奇形怪状的野兽，四肢伸展，骑在火上，一动不动，一任火苗燎去它的"发"，伸进它的"腹"中，烧焦它的"皮"，烧散它的"骨"。也见根蔸疼得流汗的，一滴滴汗珠从根蔸的表皮渗出，滴落在火塘里，火塘里的灰便现出浅浅的小窝。也见根蔸被烧得流油的，根蔸的这儿那儿有着深色的疤结，火苗一蹿上，便"呲——呲"地流下液体，液体落火便着，伴有轻微的爆炸声和浓浓的木香味。我常因看得入迷，忘了穿衣，被大人训斥，却不知悔改。

火塘给了我幼小的想象，满足了我幼小的渴望。

大雪封了门，大人们被困在家里，围着火塘，做针线的做针线，谈农事的谈农事，或张家长李家短地闲聊。我便溜到外面玩雪。从雪堆里抽出竹枝，抖去上面的积雪，光溜溜的，再插入雪中，用两个酒盅装满雪，对准竹枝的枝条，用力挤压，一个饱满的雪桃就结在了竹枝上。再从门上撕下对联纸，轻轻包住雪桃。等竹枝结满雪桃时，揭去对联纸。刹那间，一树微微泛红的"桃子"便出现在眼前。我手舞足蹈，仿佛真的嗅到了桃子的香甜。看看双手已冻成了红虾子，于是我便跑回家，跑向火塘。

父亲和母亲挨着坐在火塘边，他们微红着脸。母亲神情慈祥，像奶奶。父亲神情平静，像年画上的神。我断定此时不会遭到训斥，便往他们中间挤。这时，父亲或母亲便伸手握着我的手，一边搓一边伸近火塘……我的手暖了，心也暖了。其实，冒雪在外面忙活，为的就是这一刻的温暖。

　　老家的老屋是四合院建筑，是曾祖父留下的。北面是正房，用来供神、祭祖、招待客人。南面是倒座，堆放一些农用工具，如犁、耙、锹、锄等。东西是厢房。中间是天井。父亲住西厢，叔父住东厢。穿过正房就是叔父家。我到叔父家串门，常看到叔父坐在火塘边，抱着小妹，两只手紧紧握着小妹的手。每每这个时候，我转身便跑，仿佛自己比小妹矮了一大截。我便有了把手放到父亲或母亲掌心的渴望。这小小的渴望是在火塘边烤火时得到满足的。

　　火塘满足了我最初的渴望，给了我最初的幸福。

　　到了年三十，火塘整天飘着香味。这一天，火塘里的火格外旺。父亲把平时挑选留下的好根茆，一并从柴房里搬出来，架在火塘上烧。根茆神兽一般，这儿那儿吐着红红的舌头。我便拿起火钳，东一夹，西一夹。火舌被我夹断了，但，火钳上什么也没有，只有木质的香味顺着火钳爬到我的手上、身上。

　　木香敌不过吊罐里的肉香。母亲从墙上取下一条风干的猪腿，洗净，剁成两三截，连同洗好的大枣一起放入吊罐里。从这一刻起，我便无心玩火舌了，所有的心思都在吊罐上。猪腿炖大枣，平时吃不到，就像现在饭桌上的鲍鱼。我两眼紧盯着吊罐，吊罐却不解人情，静静的，大气不出一口。我急了，使劲把火往吊罐底凑。吊罐口慢慢有热气冒出，带着淡淡的大枣的甜味儿。进而，冒出的热气越来越浓，甜味中夹杂着肉味，馋得我直咽口水。

　　当香味弥漫整个灶房的时候，猪腿炖好了。母亲端着瓦盆走过来。双手握着抹布，将吊罐从铁钩上取下，小心翼翼地放在地上。我迫不及待地伸过头去，母亲掀开了吊罐盖。一时，热气熏天。我什么也没看清，便闭上了眼睛。用手一抹，手湿湿的，却没有了香味。母亲用铁勺将吊罐里的肉和枣子往盆里舀。枣子一个个胀圆了身子，像吹了气一样，通体发亮。猪腿油黄黄的，散着热，飘着香。母亲见我馋得可怜，便从猪腿上掐了枣子大的一块肉，塞进我嘴里。我的心顿时满满的，装满了幸福，我幸福得眯上了眼睛。

吃过年夜饭，母亲把吊罐洗净，从水缸里舀上半罐水，把早已备齐的鸡蛋连同茶叶、八角、茴香一起放进吊罐，用铁叉叉住铁链，将吊罐移出火塘中心。因为火太旺，怕鸡蛋煮炸。

一家人围坐在火塘边守岁，也守着吊罐里的元宝。

除夕的火塘温暖、飘香、富足，给了我最初的幸福。

如今，老家的老屋早已没有人住了。家人也都用上了空调。每年清明祭扫，我都要绕道到老屋看看。老屋空空荡荡的，屋檐、门头、窗棂吊着蛛丝。火塘仍依墙而卧，静静地，静静地，守着光阴，守着属于它的那些温暖……

山那边有海

# 终未与其合影

李白云："桃花流水窅然去，别有天地非人间。"我去黄山虽然没有艳遇桃花，但感受了黄山的大气象。

不说云蒸霞蔚，雾霭茫茫，也不说怪石林立，泉水温情，单是黄山松，就令我震撼。

5月1日清晨，我来到黄山脚下。雨过天晴，初夏的风带着薄凉，在人群里穿梭，时而顽皮地撩起我的衣襟，时而嬉戏地摘了我的帽子，揉乱我的头发。初来乍到的感受，微妙难言。

乘上去玉屏的大巴，沿途是灌木丛，灌木丛中有纤弱的藤蔓，有秀气的瘦竹，有偷着开的野花……一种亲切感涌上心头，这里和我老家门前的大山太像了。

下了大巴，我们换乘玉屏索道。从索道上向下看：松树一片。深绿色的黄山松占据着我的眼、我的心，也占据着整个黄山。它们长在山坡，插在石缝，挂在峭壁。阳光像将舒未舒的栎树叶，白里含着青，穿过霭霭雾气，笼罩着松林。空中氤氲着俊秀，弥漫着神奇。

下了索道，一片片、一棵棵黄山松，亲切地向我走来。它们个头矮矮的，身躯瘦瘦的，朝着一个方向微微倾斜，自我约束着。我伸手握住松枝，枝上的针叶短粗短粗的，像打了蜡，光滑滑的，一点不扎手。树皮黑中泛着红，像大水过后的泥滩，皱巴巴的；又像龟的背，刻满了生命的密码，交与时光解读。树根似老人的手，青筋条条绽出，努力地往土里扎。土层很薄，用手轻轻一抠，便见石头。这样贫瘠的土壤，为黄山松倾斜的姿态给出了答案：它们为了生存，努力地将身体迎向太阳，获得阳光。经年累月，练就了恭迎的倾斜度。我拿出手机要和黄山松合影，不料，臂膀被某种硬的东西狠狠戳了一下，我回头一看，是挑山工的扁担。

挑山工戴着一顶草帽，帽子不旧，但泛着黑灰色，且布满芝麻大小的斑点。我知道，那是雨淋过后没及时晾晒留下的。我没看清他的脸，但从他佝偻的脊背、干瘦的身体可断定他是个上了年纪的人。他肩上的扁担也上了年纪，黑黢黢的，泛着特有的岁月之光。扁担两头系着绳子，绳子上系着铁钩，铁钩上挂着箩筐，箩筐严严实实，装满了物品。我目送着他走上石阶，一步步走远，走进黄山松里……

沿途多是石壁，石壁经风历雨，生出石缝，黄山松便乘机落户在这里。石缝布满绿茸茸的苔藓，看不清树根。黄山松这儿一棵，那儿一棵，像芭蕾舞表演后的谢幕，孤傲而淡定。

峭壁隔壑看着我，我也看着它。石壁上的黄山松千姿百态：或枝丫披拂，拂着水袖；或树干屈曲，练着波浪腰；或干脆整棵倒垂，玩着杂技……灰白色的石壁成了地板、天花板，幽光微微；

106

阳光直射而下，经深谷过滤，成了彩色的细丝，一丝，一丝，一头连着天空，一头连着黄山松。自然的造化就是这般不可思议。

我背靠栏杆，摆好姿势，要与美景合影。举起手机，心为之一颤——屏幕上，我正依偎在一棵倒挂的黄山松怀里，一种人与自然的和谐之美令我窒息。刹那间，我明白了，石壁上的黄山松千姿百态，为的是取悦游人，不，为的是养育它的土地，为的是这方土地上的人们。想到这，山下一栋栋小楼、楼前停放的一辆辆轿车便在眼前浮现……我的手停在空中，思绪飞到了老家，飞到老家的那棵神树——

老家的神树，是一棵历经100多年的栎树，生长在老家东南角的陡坡上，离村庄约300米。树干要两人才能合抱过来，枝繁叶茂，神韵独具。春天，繁花满树，像一束束饱满的麦穗；秋天，一颗颗果实脱壳落下，落在山坡，落在田间，落在行人的头顶……栎树的果实能充饥，听老人说，越是饥荒的年成，果实结得越多，不知救了多少人的性命。

后来，生活好了，人们不再捡栎树果了，栎树果便越来越少，直至一颗不结。人们觉得这棵栎树通人性，是棵神树。上了年纪的人闲了，就到树下坐坐，和树聊聊天、解解闷。

小叔的眼睛患了白内障，几乎失明，吃药无效。每逢初一、十五，小叔就到栎树下烧香、祈祷。奇迹出现了，两个月过去，小叔的眼睛复明了，能看清老井里的水藻。

可惜，随着村里老人的一个个离世，栎树也一天天枯萎，从根到干一点点腐烂，最后倒地死去……我的心一阵酸楚，为老家的神树，也为黄山松。哪一天，人们不需要黄山松了，它会不会也枯死呢？

拾级，攀壁，好不容易来到莲花峰。也许峰高露重，"莲花"的花蕊婆娑着，成沟，成椽，成板，形成观景台。观景台四周是悬崖，有两棵松树并肩立在悬崖边。也许是它历险而生的精神感染了游客，游客争相与其合影。我也心动，排队向前……轮到我了，我一迈步，狂风便向我撞来，一个踉跄，险些命丧悬崖。我一把抓住栏杆，下意识地摇一摇头，唯恐头被撞掉了，我倒退两步裹紧衣服。风像装了钻头，一个劲地往衣服里钻，往肉里钻，钻得我牙齿咯咯响。我扶着栏杆慢慢向前移，移到黄山松前，伸臂抱住树干。我的手像触电一般，有短暂的酥麻。黄山松的树干像房子的顶，盖满了一片片分币般的碎瓦，瓦与瓦之间的缝隙细如蚊足。它让我想到了梵文的《法华经》，想到了慧远、慧因法师。

《空谷幽兰》记载了慧远、慧因法师因梦结庐终南山，直到坐化。慧远法师生前研读七集《法华经》，熟能成诵，那是怎样的一种虔诚啊！

眼前的黄山松远离平原坦途，选择石峰烟霞；读风霜冰雪，诵悬崖绝壁；听南腔北调，阅东来西往；居深山知季节更替，生绝壁通天下时变……这又是怎样的一种信念和开悟呢？

一时间，黄山上的挑山工、老家山上的神树、终南山的法师一起向我走来。

我不敢与其合影，走下观景台，拱手膜拜……

# 山那边有海

  7月22号早晨，我吃过早餐，就和同事匆匆来到中山路的公交站牌下，等去崂山的班车。平时等车，总是一边看时间，一边埋怨：这个时候该来了，怎么还没来？眼睛盯着车来的方向，盯着车号，由模糊到清晰。在异乡公交站牌下等车，心情是放松的、愉悦的。自己仿佛不是游客，而是当地的上班族。反客为主，心里有了短暂的满足。目光不再死死盯着一个方向，因为，车是从对面开来，还是从侧边开来，我都不知道。东看看，西瞧瞧，不起眼的广告、路标都成了风景，边观赏边思考，心里有了微妙的感动。此时，真正理解了旅游的放松。旅游，总是到陌生的地方，陌生便没有了经验，没有了经验，便少了许多抱怨。原来，使我们累的不是工作，不是家庭，而是成为经验者的求全责备。

  上车。听着导游方言浓郁的介绍，看着车外德国式的宫殿建筑，感情不知不觉被地方文化所俘虏，一时间有了亲近融入感。

  来到崂山脚下，已是下午2:20。这时，青岛以十年不遇的热情拥抱着我们，我们的激情便跟着膨胀，从每一个毛孔向外溢出。

汗水浸湿了衣衫，布满了脸颊，模糊了视线……但是，爬崂山的决心丝毫没有动摇。因为，山那边有海。

背好行囊，戴好帽子，便踏上了通往崂山的路。起初，路面平坦，走起来似乎并不费劲，爬山的挑战性大减。走在人工铺就的石阶上，怎么也找不到爬山的感觉。我喜欢用脚走出来的山路，"道狭草木长"。或扶草，或缘木，或攀藤，那才叫爬山呢。

转过两个山嘴，山势变得陡峭，形状怪异的石头占领了前方的路。路夹在石中，或狭，或陡，或曲。我想起了小时候吃过的糖衣片，入口滋味甘甜，在口腔里打两个滚，甜去苦来。当你想吐出，药片已溶化，吐出来的只有怨气。不过，面对眼前的瞬息万变，我丝毫没有抱怨，更不想掉头返回。山那边的海吸引着我。

尽管山陡、路崎，但不时有绿荫笼罩。树木虽生长在石缝间，却粗壮茂密。偶尔也有一些竹子夹杂其间，一片葱郁。

知了大概是知道自己的艺术生命短暂，冒着高温酷暑，放声高歌。四周都是它的声音，我却觅不着它。我敢肯定，它是看见了我的，并且看出了我的疲惫与恨不得一步登顶的急躁，否则熟悉的"知了，知了"咋变成了"还早，还早"呢？

一山爬过，一山见。是啊，登上山顶还早呢！

高温的淫威迫使好多游客半路返回了。我很矛盾：心脏跳动的加快，大脑的晕沉，暗示我体力不支了，回头是幸；抬眼望，山顶又仿佛咫尺之遥，隐隐听到了海的呼唤……我要继续，继续！

我咬紧牙，铆足劲，攀着石头向上爬。每移一步，腿都要颤抖一次，汗水流得睁不开眼。视线模糊中，我感到头顶的石头在向下压，两旁的石头在向中间挤，压迫感越来越强，我就要被压垮了。我仍须挣扎，我和山那边的海有过约定。

爬着，爬着，头触到了人的身体，一抬眼，我看到了"觅天洞"。好兴奋，我就要爬到山顶了。觅天洞的洞门由两块巨石撑起，酷似两个巨大的手掌相对而击，也许是力量相等，指合而掌未合，自然的势均力敌为人类创造了奇观，更给了游人登上山顶的希望。我伸着头，猫着腰，慢慢挪进洞口。里面黑乎乎的，只能借着手机微弱的光，一步步往前探。五六步后，路没有了。面前是竖起的石壁，不，是巨人竖起的手指。人工在其上凿了一步步石阶，攀阶而上，处处碰壁。亲身体会到的艰难让我对凿石开阶的人产生了遥远的敬佩。我们手脚并用，艰难地向前。脚下亮光一晃，我猛抬头，看见了天。这时，我恍然大悟觅天洞的得名，真的会意了"觅"的结构。在"爪"（手）的协助下才能见到的称为"觅"，由洞觅天是怎样的不易？忽而又想到了李清照的"寻寻觅觅"，词人心路的艰难，不正是一个"觅"字吗？

穿过觅天洞，攀上铁梯，眼前豁然开朗，一个全新的世界。硕大的石头形成了 U 形露台，左壁写着"崂山"，右壁书有"天苑"。U 形两侧是连绵的山脉，前面似刀劈斧砍，陡峭险峻。目光顺着峭壁滑下，滑下，一直滑入大海。山脚下的海似一面鹅卵形的镜子，又像一块晶莹剔透的翡翠。沉浸，闪烁。海面上，水汽氤氲，镜子，或模糊，或清晰，叫人听到海水的细语。山脚下的建筑倒映成海平面上色彩不同的点，共同点缀着大海。

会当崂山顶，一睹大海平。此时的大海是那么宁静，那么温柔，那么多情。我的面颊有清凉的海风拂过，我感受到大海的爱意。

置身崂山怀抱，遥承大海润泽，心有说不出的舒坦，说不出的大，大到能装进海，装进山。是啊，心中有了山，有了海，还缺什么呢？一种从未有过的满足充溢心头。

山那边有海。

# 请到天涯海角来

"请到天涯海角来，这里四季春常在……"沈小岑的一首《请到天涯海角来》不知勾起多少人对海南三亚的向往。10 月 29 日，我扑进了三亚的怀抱，实现了夙愿。

秋末冬初的三亚，温暖。一下飞机，微微带着湿润的风拂面而来，一股暖气流从脚底到头顶，把人整个儿包裹着，暖暖的，很舒服，这时已是 22:40。

坐进车里，四周一片漆黑，想看一眼家的方向，可惜分不出东西南北。眼睛盯着车前一枚不规则的东西，它不停地在车前闪动，我仔细辨认，原来是月亮。我很惊讶，已是农历九月二十一，家乡的月亮应是下弦如弓，这里的月亮却像笨婆娘手里的饼，方不方圆不圆的，难看极了。距离产生美，此时此景就更具哲理了。

走进三亚的人，无不惊艳于三亚的市花——三角梅。三角梅色彩繁多，淡蓝色的、浅黄色的、粉红色的、桃红色的、殷红色的……更多的是玫红色的，开在房舍，开在道中，开在你的脚边。

113

开在房舍的泼辣得倾盆而下，掩着窗，护着墙，像一个个美丽的精灵，在阳光下挤眉弄眼，挑逗着游人。

开在道中的艳容端庄，尤其是迎宾道上的三角梅与高大的椰子树相间而立。三角梅每一株都修剪得整齐，既遵照树的自然形态，又符合人们的审美需求。伸缩有致，肥瘦适宜。缩鬓浓妆，笑迎四方来宾。椰子树高大挺拔，志在蓝天。我想，椰子树眼里的三角梅应该是一位贤淑温良的女子，对爱有自己的理解：不靠近，不远离，就那么默默地守候。

开在脚边的三角梅，又有另一番情趣，零零星星，枝细如琴竹，花小如豆粒，靓而不艳，美而清丽，成了游人心中的牵挂。

能与三角梅媲美的是凤凰树。凤凰树状如雪松，枝繁叶茂，垂盖而下，形成伞状；叶似合欢，片片叶子以叶茎为轴，一一对应成细长的小舟；花如落日，色彩猩红，一朵朵，一团团，温暖着你的眼、你的心。正因如此，凤凰岛成了游人流连忘返的胜地。

亲近沙滩，那种感觉不知是不是陶醉。眼前的景象，让你的目光不仅注入欣赏、喜爱，还注入禅意般的虔诚，一种超凡脱俗的美震撼着你。

这里的椰子树脱去了"工作服"，穿上了"休闲装"，没有了道旁树的严整，倒有了几分随意。这儿一棵，那儿一棵。从容临海，做沉思状；洒脱摇曳，呈风流态；环臂护果，显慈祥貌。椰子树独特的美赢得了游人无限青睐，人们频频与其合影留念。

椰子树脚下是沙滩，沙滩像一条金色的地毯，铺开，铺开，直铺到天涯海角……海水的吞吐使这条地毯蜿蜒屈曲，煞是诱人！

踏上沙滩，心里涌起一种别样的情感——心疼。心疼得不忍下脚，沙太细太柔了，担心它承受不了一丁点儿的重量。慢慢向前挪动，有种举步维艰的感觉，沙太多情了，它缠绵着你的双脚，叫你不得不停下来。停下来，索性俯身卧下，尽情地亲吻。

海浪在沙滩面前尽显它的阳刚之气。风平浪静是词语，不是生活。海浪始终是涌动的，放眼远望，海面像涌动的山丘，涌动着，涌动着……渐渐地，山丘变成了山脉，起伏着，跌宕着，掀起浪潮向沙滩扑来。那种凶猛，那种威武，似乎带着憎恨，带着不甘。它是憎恨游人的双脚玷污了沙滩的纯洁吗？是憎恨游人的喧嚣亵渎了它们爱情的神圣吗？是的。你瞧，它的每一次拍岸都将一层柔沙卷起、拥抱、带走。拍岸、卷起、拥抱、带走，再拍岸……我的心不禁一惊，不敢想如此往复的结果，我悄悄地退出沙滩，默默地祈祷……

海浪是贪婪的，它要口含沙滩，怀抱礁石。游玩蜈支洲岛，我们是乘观光车而行的。因为环岛路径是在礁石上凿出来的，陡峭、狭窄。车行速度很慢，但我仍提心吊胆，生怕凸出的石壁会擦伤车上游人的身体。就在我恐惧之时，海浪汹涌地撞击着礁石，激起千堆白雪……我举起相机，想留住这一壮美的瞬间，海浪又自卫似的速速退去。礁石间的雪堆瞬时成了雪滩，进而化为海水，消失殆尽。我正怅然间，又一个浪头从远方涌来，冲向礁石，激起一丈多高的浪花，扑向岩石，扑向车子，扑向车上的每一个人……车停了，我睁开眼，伸头一看，礁石被海浪啃去一块，露出一个大坑。这时，我怀疑起纪伯伦《浪之歌》中所叙述的浪的温柔，我眼里的浪爱得自私，爱得惨痛。也正是它的自私、惨痛创造了自然的壮观！

　　"请到天涯海角来"，天涯海角温暖、惊艳、轻柔、壮观。

# 可遇不可求

近来，一些事老占据着我的心，以致我精神恍惚，什么事也做不了。回老家走走吧。

时已入秋，但暑气不减盛夏。我特别期盼一个阴雨绵绵的日子。天遂人愿，秋天的第一场雨在我的期盼中来了，脚步轻盈，细雨霏霏。一家人陪我回娘家省亲。驱车上路一会儿，车窗便蒙上了雾，我摇下了车窗。这时，星星点点的雨飘进车内，雨点散落的节奏正和着车内音乐的节拍，惬意。

车子驶进山区，雨点变成了雨珠，轻音乐变成了交响曲，噼里啪啦，从天空往下倒。继而，雨珠连成了阵，一阵阵压过来，路看不见了。我们被迫靠边停车。

坐在车里，向外望去，我精神复苏，窘迫中遇上了奇景。山涧水流疾涌，像青白色的龙在腾跃，龙身激起水花四溅。山崖上，一条白练从上垂下，镶嵌在草山间，草更绿，练更白。这种拙朴自然的美叫人欣喜，令人陶醉。我赶忙拿出手机，隔着车窗，按下了快门。这样的天气，这样的境况下，瀑布遇上了我、我的爱人、我的儿子和儿子的另一半；我和我的爱人、我的儿子、儿子的另一半，在这样的天气、这样的境况下遇上了瀑布。这是怎样修来的缘分呢？这样的瀑布兴许某一个时刻还会出现，但不再是此刻，不再遇上我们；我们兴许还会一同来这里，但可能不会再遇上这样的瀑布，即使遇上了，它也不是此刻的瀑布，不是此时心境下的瀑布。我该怎样珍惜呢？

想起了7月24号在青岛。我和大多数游客一样，在无数次憧憬、无数次向往中，来到了大海身边，下海成了我的第一欲望。无奈天气太热，只能和同伴一行绕到鲁迅公园，避暑观海。

这里没有沙滩，海与岩石紧连着。海水也许和我们一样，难耐酷暑，宣泄着，拍打着岩岸，发出的声音却温柔，叫我想起纪伯伦的《浪之歌》："我同海岸是一对情人。爱情让我们相亲相近，空气却使我们相离相分。"我对浪有了微妙的情感，撑起伞，向着海，向着浪走。脚下岩石磊磊，没有了棱，没有了角，上面布满了小坑，像一张张长满麻子的脸。水是柔的，怎样的柔度，竟改变了石呢？第一次感到"以柔克刚"不是睡在字典里的词语，而是一种实实在在的生活。走近海边，海水幽蓝，诱惑着我。我于是期盼太阳快快落下，期盼踏浪，期盼下海。

下午4点左右，云从海边升起，渐渐向天空弥漫，遮蔽了太阳。我们兴奋不已，向着一边的沙滩赶……我帮同伴们看着行李，他们先下海。看着热闹的大海，想象开始驰骋：轻轻地走下海，慢慢地向前，直到海水漫过我的小腿，便静静地立住，牵起裙，平放在海面，伸出两臂，做起飞状……一个海上舞者的轮廓已出现在脑海中，兴奋。

兴奋中，同伴已上岸了。我以最快的速度换衣，踏沙，涉水……刹那间，皮肤感受着冰火两重天。海水冰凉，凉气直侵入骨髓。我慢慢向前走，向前走，海水没过我的脚背、小腿……我牵起了裙……这时，头顶一阵哗哗，下雨了。雨点密集，既而倾盆而下。一时间，戏沙的、踏浪的、游泳的，都慌了手脚，匆匆跑向阁楼的廊檐下避雨。

海面水雾弥漫，海边的建筑物不见了，海中的小岛不见了。海面越来越窄，像个湖。狂风暴雨大有吞噬海的气势，海上留影不成，失望，扫兴。转身欲离开，耳边却响起高亢的声音："快看！"我本能地看向海面，雨停了。海面上的雾气，像薄纱，被无形的手牵起，掀开，揭去……小岛出来了，建筑群出来了……远处的海水涌来，像风吹过麦田，吹动绢丝，吹卷沙粒……一层层，一叠叠，层层叠叠，匀速地、不间歇地涌。近处的海水，混着泥沙，向海中流……流着流着，被涌来的海浪阻止了，不动了。海面上刹那间泾渭分明：清者自清，浊者自浊。"分裂"在这里不是贬义词，它是一种美，一分为二的美，罕见的美！

这样的美遇见了我，我遇见了这样的美。这又是几生修来的缘分呢？我倚着栏杆，挪不动脚步……

青岛海上的奇观，老家路上的惊喜，都是不期而遇的。凡事如此，可遇而不可求。

呜轰、呜轰，启动车子，雨停了，雾散了，我的心释然了，长时间积压在心头的不愉快也消散了。

# 日落日出

鸣沙山日落是自然之壮观，观之，灵魂受到洗礼；张掖日出是自然之超凡，赏之，精神得以脱俗。

鸣沙山落日是敦煌美景之一。2016 年 7 月 23 日 20：22，我目睹了鸣沙山的落日。

鸣沙山，海拔 1650 米，最高峰相对高度也有 170 米。日落时间 20 点左右。

19 点，我们来到鸣沙山景区。放眼望去，一个沙的世界，沙山林立，层峦叠嶂，把沙滩围成了一圈，沙一粒也不会走失。虽已傍晚，但阳光不减，给沙山披上了一件飞金袈裟，庄重而富丽。天蓝欲滴，给山们戴上了一顶顶圣洁的礼帽。山顶飘浮的白云，为这顶礼帽镶上了洁白的帽檐。鸣沙山，在庄重富丽之外，又多了一分高贵，博得人们视觉上、心灵上的仰视。

看，东面山坡上，一团团，一簇簇，蠕动着的是爬山的游人；一点点斑斓、起伏、飘扬着的，是游人头上的丝巾。游人的欢呼声、嬉笑声、赞叹声，汇成了海洋，海水漫过每一个人的双耳。

渐近山脚，一点点的色彩，变得立体了，直观了。鸣沙山的壮观美丽，使肤色不同、语言不通的游人心有灵犀，不约而同飞到了这里。沙山在人们的装点下喜庆而又热闹。

一架由绳子和木棍组成的梯子铺在沙山上，成了木阶，看不到终点。我们拾级而上，向山顶攀登。每登一阶，兴奋一次，因为离山顶又近了一步。

看到山顶的那一刻，我惊喜不已，脚下一松，身子一倾，便吻着了沙山，滑下一二米。原来，脚下的梯子没有了踪影。不知是被山顶淌下的沙淹没了，还是设计者成心让它短了一截。没有梯子，真的是举步维艰。沙太细，太松，承受不起身体的重量。我抬起脚，再落下，人已倒在了沙山上。爱人紧握着我的手，用力向上拖，我就半自动地匍匐向前。这时，我对坚强有了新解。所谓坚强，就是面对沙山永不退缩。

我就这样狼狈地被拖到山顶。山顶已筑起了人坝，回望身后，还是一片人海。树大，招风；山高，更招风。风将沙卷起再撒下，我们头上、脸上、身上，连耳孔中都是沙。风就是孩子，人来疯。人越多，她疯得越起劲，将人与沙一起向下推。我牢牢抓住爱人的胳膊，任凭风肆虐，不改初心。坐在山顶，面朝夕阳，静待壮观时刻的到来。

夕阳也许被游人的激情点燃，由橘黄变得橙红，由平面变得立体，像一个火红的球，悬在西面的沙山顶上。天，染上了红色，由深到浅，慢慢扩散；云，染上了红色，由外到内，就要和夕阳融为一体了。沙山镀上了金子，更厚重，更温暖。眼看夕阳离山坳只有一寸之遥了，我心里矛盾起来：希望它快点，再快点，好一睹落日的壮观；又盼它慢点，再慢点，因为它的落下，将带走我生命中的这一天。就在我动摇不定之时，夕阳倏然落下了山坳，没有一点商量，没有一点留恋。此时，鸣沙山，一片沉静，只听得风鸣沙山，"啾，啾"……

日落如此壮观，日出，又该是怎样的夺人魂魄呢？带着这样的憧憬，我们来到了张掖，住在了山脚下。

翌日凌晨，我们便往山上赶。四野一片静寂，偶尔听到一两声虫鸣。天空深邃，月亮特别亮，地上像盛着水，水深莫测，每迈出一步，手心都渗出汗。我们深一脚浅一脚地走向黑黝黝的山，那里是观日出的最佳位置——四号台。

登上观景台，天已大亮。人很多，可见他们和我一样，已迫不及待了。我观望四周，想辨清方向，却不知东南西北。渐渐地，远处山上，分明出现了光带，好长好长，将山清晰地一分为二。我仔细辨别光线的强弱与粗细，辨别光源。原来，我的右手边是东方。于是我转身，目不转睛地仰望东方的天边。一分钟过去了，两分钟过去了，十分钟过去了……我揉了揉睁得发麻的双眼，再次凝视东方的天边，我看见了碗口大的一块亮光。亮是亮，但很微弱。旁边没有云，以致看不出它的细微变化。我的心怦怦直跳，见证奇观的一刻就要到了。亮光由碗口状，变成了扇形，向山顶上空放射，这时，山顶变得清晰，赤、橙、黄、绿、青、蓝、紫把山装点成了塔形的虹。光线的变化使得色彩深浅不定，虹蠢蠢的，像要升腾。我知道，太阳就要冲出山坳了。我屏住呼吸，目不转睛地盯着。亮光猛地射得很远很远，山坳间出现一道亮痕。是太阳，是太阳！渐渐地，亮痕变成了亮弧，变成了亮球。橘黄的光温暖着天空，温暖着大地。丹霞铺满张掖，七彩绣制山峦。空气不再流动，地球停止运转，一切都在神圣中沉浸着。

太阳并不因为人们的兴奋而兴奋，它就那么缓缓上升，上升……说不上亢奋，也说不上消沉，仿佛经历了血与火的洗礼，从容，淡定。

日落日出，自然普通而又蕴含玄机，道出了世事千态，人生百味。美的东西，总是呼不来，留不住；来得缓慢，去得匆匆。

# 众沙恋月

　　每次读《罗布泊消逝的仙湖》，我都为"救救月牙泉""救救青海湖"的呐喊所震撼。月牙泉就要成为第二个罗布泊了。拯救月牙泉，我力不从心；看一眼月牙泉，便成了我的迫切愿望。

　　7月23日下午，我们一行6人来到了敦煌，沿着南北走向的马路去月牙泉。看着路两旁的景象，我真疑心自己走进了女人街。丝巾飘飘，太阳帽招展，防晒袖、护眼镜，琳琅满目。再看路上的人，大多臂套防晒护袖，头裹丝巾，眼戴墨镜。只能从身高、三围，辨别男女了。

　　买过票，已是下午6:30。当地人说，这个时间是游月牙泉的高峰期。果真，景区内游人似海，一浪一浪地向前涌，"鸣沙山"石碑几乎被人海淹没。我顾不得留影，便步入了沙滩路。

　　说是路，因为有明晰的脚印；说是滩，因为一望无边，坑坑洼洼，全是沙。一脚下去，鞋里钻满了沙。我干脆脱了鞋，赤脚走在沙路上。尽管阳光灼热，沙却凉凉的，凉意亲吻着脚丫，真爽。

不知沙是善良，还是软弱，面对脚的压力，似乎一点也不反抗。缺少了反作用力，脚反倒挪不动了，越走脚印越深。仰望两旁的沙山，仿佛也越来越高。沙山似人工所为，有的前后重叠，前峰贴在后峰的胸前；有的左右并排，右峰靠在左峰的肩上。层次清晰，又浑然一体。

沙山沐浴着阳光，像金字塔，更像金子铸成的塔。我很兴奋，因为我正一步步走向文明与富有。

这时，一阵声浪由前向后涌来："太美了！""太美了！"……伴着声浪，游人四下里散开。我本能地扯下丝巾和眼镜，看到了，看到月牙泉了！她像一块翡翠，静静卧在群山脚下，卧在群山的脚趾间。我向前挤，仍看不清翡翠的全貌。于是，我便爬上对面的沙山。这时，月牙泉尽收眼底。它东西走向，南面呈弧，北面也呈弧，酷似月牙。这就是她芳名的由来吧。由于距离较远，看不清水中的植物，也看不清水底的沙石，只感到一泓的蓝，一泓的水灵，像泛着清辉的月牙，更像人的眼——孩子的眼，纯净，没有一点杂质。

风来了，把沙山的外衣由上向下掀起，掀起……沙的外衣像金色的浪层层涌下，涌下，涌到山脚……月牙泉四周的芦苇起伏着，伸出臂膀挡着沙，怕沙迷了泉的眼。泉却漾起了涟漪，刹那间，由一个纯真的孩童，变成了妙龄女郎。睫毛密而细长，眸子水灵扑闪，秋波暗送，叫人销魂。这一刻，我忽而明白：使月牙泉濒临消失的是她自己。她，如此貌美动人，怎能不吸引周围的沙山向她移步呢？风停了，山峰仿佛矮了许多。

125

环视四周的沙山，只见一座座敞着胸，伸着臂，真有不揽月牙泉入怀不罢休的气势。我恐慌了，跪倒在沙山上，双手合拢在胸前——

沙山，月牙泉静如处女，纯如莲花，你如爱她，就做一个君子，从此止步，远观，而不亵玩。

# 雅　　丹

雅丹，一个颇具想象力的名字，让人想到精致、小巧，甚至一枚色彩温润的玉石。其实，它是一种地貌。雅丹是维吾尔语，意为具有陡壁的土丘。在甘肃玉门关90公里外，就有一处这样的地貌。

5月25日早晨，我们从大柴旦前往雅丹。汽车开出不到5华里，一种荒凉便压迫着我们。路上看不到来往的车辆，从车窗向外看，都是戈壁滩。似石非石的山上，没有一根草，真是不毛之地。地上跑的，空中飞的，在这里都寻不到踪迹。路，更远，更窄；天，更高，更蓝。大西北的广袤无垠与苍凉，深深地震撼着我。难怪人们会说，不到大西北就不知道中国有多大！

路渐渐地崎岖不平，最低处和最高处的绝对差应不小于一米。车子行驶到低处，溜直的马路一下子上了蓝天。这时，湛蓝的天宇、雪白的云朵、青色的无垠戈壁、黑色的柏油马路构成了一幅梦幻般的图画。我们下车，牵手走上"天路"……这一刻，我感到了从未有过的神圣与庄重，仿佛自己就要步入天堂了。相机快门按下的那一刻，定格的不仅是浪漫，更是神奇——凡人入仙境的神奇。

车子爬上高坡，眼前出现了海市蜃楼。戈壁滩华丽转身，成了奇形怪状的土丘，像城墙，像楼房，像坟冢；有孔雀开屏图，有狮身人面像，有群鱼出海画……凡所应有，无所不有。只有想不到的事物，没有找不到的影像。大自然真是鬼斧神工！

更神奇的是，土丘的表面有一层风化的岩石，像摔伤皮肤的结疤。结疤上闪闪发亮，似有人成心将玻璃屑揉进了里面。后来，参观《青藏地质博物馆》，我知道了，酷似玻璃屑的东西是锂。想不到，奇形怪状的土丘却蕴藏着宝藏。

眼前的壮观景象，让我们惊呼，让我们兴奋，更叫我们留恋得不肯离去。导游却说，更美的还在前面。我们带着憧憬上了车。车子爬过两个坡，绕了两个弯，一片绿洲果真出现在天边：天水相接，分不出哪是天，哪是水，就那么蓝汪汪地静卧在远方。水上仿佛有一艘艘战舰在收锚起航。这一美景近在眼前，却远在天边，我们之间隔着茫茫的沙漠。

这里的沙漠，与鸣沙山相比——更平坦，更具象了。沙漠表面青灰色的波浪，为我们再现了风起沙移的情景；一个个隆起的沙丘，又为我们讲述着风卷沙、沙恋地的悲壮故事。沙漠上的每一个皱纹里都流淌着自然的彪悍细腻、悲欢离合。我第一次感到沙的多情。是的，沙是多情的，她总是软软地缠绵着我的双脚。明明走了多半天，可回头看，仿佛还在原地。忽而，我想到了彭加木，原本的遗憾和惋惜化作了仰慕。真的躺进沙漠宽广的胸怀，永远不起来，岂不是一种奇缘？这样想着，脚更挪不动了。每迈出一步，都要狠下一次心。千百次的挣扎，千百次的狠心，终于走出了沙漠。来到了水上雅丹。

不知怎的，我没有惊呼，只感到气流在胸腔内堵塞了，呼吸急促，四肢发软，一种要瘫痪的感觉。

碧水载雅丹，雅丹乘碧水。看不见水的流动，摸不着雅丹的底座，整个的像一块翡翠镶上了玛瑙。玛瑙又经过风化的手，便成了美轮美奂的艺术。有的庄严稳重，叫人想到北京的天坛，帝王祭祀皇天、祈五谷丰登的壮观如在眼前；有的绵延起伏，叫人想到丝路驼队，浑厚的驼铃声便响在耳畔；有的翘首高瞻，叫人想到了铁木真，草原血性男儿扬鞭策马，纵横沙场的勇武又浮现在脑海……面对如此神奇的景观，我十指合拢放在额头，膜拜上苍。上苍如此厚爱人类，把人类的历史、文明、进步都复制粘贴在了这里——水上雅丹！

这里的游人不多。有的伫立水边，有的登居丘上，没有一声喧哗，仿佛都不忍心打破碧水与雅丹的静谧。也有帅哥靓妹在"天坛"上拍结婚照。我想，他们不仅想让这里的美见证自己的幸福，更想让雅丹碧水的忠贞福佑他们的婚姻。这里的雅丹与碧水，情深意长。雅丹既是土丘，就会被水溶解。可是，它却千年万年地立在水上；四周是茫茫的沙漠，而这一片绿水却没有干涸。碧水与雅丹就这么长相守，敬如宾。这不就是人们渴望的爱情吗？

离开水上雅丹的那一刻，我好像不再是自己。我成了一粒沙，融进了碧水里……

# 天空之镜

天空之镜，会叫人想到"月下飞天镜，云生结海楼""皓月千里""静影沉璧"。但这里的"镜"似月非月，似镜非镜。它是盐湖，茶卡盐湖。

7月21日早晨8:50，我们来到了位于青海省海西蒙古族藏族自治州乌兰县茶卡镇附近的茶卡盐湖，来到了一个空灵梦幻的世界。

步入通往景区的路，让你想到白居易《琵琶行》中的诗句"未成曲调先有情"。景区两边画廊里全是盐湖美景：人如天仙，景如梦幻，激起游人几多期待。期待一睹盐湖的芳容，期待留下美的一瞬……有了这样的期待，脚步就更快了。一会儿工夫，我们便来到了盐湖。

站在盐湖岸边。向前看，雪亮的一片，直延伸到天边，苍凉而邈远；向下看，泛着清辉的圆形盐池，宽敞而圣洁。一座高大的雕塑矗立在盐池中央，上面镶嵌着红色的大字——"天空之镜"；向上看，天空晦暗，云层叠叠，偶尔露出点湛蓝。太阳的光轻如蝉羽，柔和地搭在盐池上，盐池便朦胧成一块毛玻璃，空灵中又多了一份诱惑。风，是北方的汉子，粗犷而热情，拥着我们的身体，吻着我们的脸颊，把我们的头巾随手扯下，丢在空中，空中不时飞舞着彩虹。"天空之镜"在光与色的映衬下更加如诗如画。

我沿着台阶步入盐池。这里的池没有水，只有盐。满眼的盐似雪粒，晶莹着。我不忍心下脚，怕污染了池，又怕踩碎了盐。但身边一拨一拨的人走过，盐还是那么白，那么亮，那么颗颗成粒。池与池之间是盐筑成的桥，将盐池分割成形状各异的个体。顺着盐桥往前走，桥的尽头是一个半圆形的盐粒广场。成吉思汗的雕像坐落在圆心处，微微泛着青灰色。青灰色的戎装，青灰色的弓箭，诉说着一代天骄驰骋沙场的英武，诉说着"马作的卢飞快，弓如霹雳弦惊"的雄壮。是成吉思汗见证了盐湖的历史，还是盐湖见证了成吉思汗的赫赫战功呢？成吉思汗笑而不语。

穿过广场来到一眼望不到尽头的盐堤。盐堤的一边是一望无垠的盐湖。湖里的盐，分不出颗粒，像正在凝成的冰。冰上还有浅浅的一层水：又像玉，洁白无瑕。沉浸在并不清澈的水里，给人一种似透非透，似明非明的恍惚美。是的，它不是冰，不是玉，它是镜。镜中有天空，有云朵。目光舔着镜子，向远，再向远……只见天吞湖，湖衔天，湖天一色，是梦境里的童话，童话里的梦境，美得沁心入脾。闭上眼，醉了……

盐堤的另一边是枕木铺就的观光火车道。游湖观光的人，一车接一车从身边擦过。他们或拿着单反秒杀美景，或伸颈侧目，或微笑默叹，盐湖的魅力写进了他们的一颦一笑中。跨过车道，盐湖又翻到了"天光云影共徘徊"的一页：湖如镜，镜如水，水如光。湖倒映着天，倒映着云，倒映着人，呈现给人们的不只是空灵美，还有对称美。爱美的游人踮起脚尖，走上这面镜子，跳起了芭蕾，扮起了洪常青，模仿起林黛玉……或翘首昂视，奔放；或低眉颔首，羞涩；或单脚点地，鹤立……他们的努力，实现了他们的愿望，创造了一种不同寻常的美。这种美虚实相映，空灵互衬，人与自然美在了一起，鲜明而深刻。

看着火车道延伸向前，渐渐化为一个点。我知道，想看遍茶卡盐湖，只能是个梦。我俯下身，拾起一粒粒晶体，揣入怀中，揣入记忆……

# 梦幻乡村

　　下了车，做一次深呼吸，五脏六腑的位置一一清晰。我仿佛回到了老家，但又不是老家。老家山高岭大，这里，山不高，岭不大。一汪绿从半空中倾泻而下，成瀑，成潭，成溪……绿瀑四溅，将光折射，深深浅浅地勾勒着地理轮廓，物华岁月，沧桑并着年轻。绿潭打着旋涡，窝着木楼，窝着亭台轩榭，窝着田园风情。绿溪从容地流着，流着花，流着树，流着四季之梦。瀑，潭，溪，既各成一体，又彼此相连，和谐温婉，充盈着灵动、娟秀、魅惑。

　　这就是位于广德市邱村镇卢塘村的一处休闲度假区，占地720余亩，属于天目山余脉。它有一个诗意的名字——梦幻乡村。

　　我们循着石阶去拾梦。石阶在绿溪里逶迤，逶迤成"之"字。横柯上蔽，在昼犹昏，颇有几分梦幻。走过"之"的一捺，顶上一片光明。一束光带把果林一分为二，走在光带上，眼被光晃得睁不开。目光移向果林，林间有桃、梨、枣……桃，是毛桃，不多，间插在枣和梨之间，是楼宇间的竹篱，土俗成了风景。树上

133

挂着稀稀拉拉的桃子，毛乎乎的，像没有开面的脸，稚嫩掩着成熟。梨和枣刚刚挂果。青涩的果，一枚枚探着脑袋，与游人有了秋的约定。

转过两个山嘴，便来到木楼茶室。木楼悬空山腰，环楼是露台，木栏护之，上饰花卉。月季端庄，鸢尾俏丽，番茉莉娇艳……小小的露台成了空中花园，成了山的眉眼，眉梢挑着春。走进木楼茶室，脚步不自觉地慢了，轻了。看着冷色调的四壁、地板、茶具，心静了。小巧的木盏，玲珑的紫砂壶，一个个，一把把，放置黎色的木桌，像古文字，写着古朴，写着幽静，写着佛意禅心。把壶，端盏，壶盏间悠扬起茶水声，如游丝，如碎玉；呷一口茶，闭上眼，便有遁入空门之感："禅心已作沾泥絮，不逐春风上下狂。"

大嫂着一身菊青色的衣衫，依桌而坐，神情安然，像历经风霜的菊，淡定，清雅，融入了茶室的色调，沧桑高冷。大哥走得早，十几年来，大嫂扶孙、持家，走过的不仅是岁月。如今，她已年近古稀，身体多病。我早想代大哥陪大嫂游游山、玩玩水，却一直没能成行。想不到，这个五一，儿子儿媳为我了却了心愿。

出茶楼，穿小道，豁然开朗。东面一个亭，西面一个阁……遥遥相望。走进亭子，徒步的劳顿瞬间消失。凭栏观景，景色如画：近处，花摇曳，树披拂；远处，山叠翠，水成练。侧耳听风，风声似乐："呼呼""哗哗"者，似管乐；"沙沙""丝丝"者，是弦声。萧瑟，缥缈，悦耳，沁心。

亭台或设圆桌座椅，或置秋千。桌椅原木树皮色，与亭台外的山林融为一体。坐于圆桌旁，满目苍翠，我不觉吟咏道："王孙游兮不归，春草生兮萋萋。"

秋千通体乳白色，在棕黄色的木板、木栏的烘托下，颇有几分清雅。童心依然的儿媳坐上秋千，侧身，低首，作慵懒状。可爱的样子让我想起了"蹴罢秋千，起来慵整纤纤手……倚门回首，却把青梅嗅"的李清照。儿媳虽比不得李清照，但也冰雪聪明，纯朴，知性。与儿媳结缘，也算圆了一梦。儿媳是广德人，这次广德之行，是她安排的亲情游。我们一家四口偕同大嫂、侄女夫妇来广德走亲戚，访名胜。她为我们规划旅游线路，介绍景点，安排住宿就餐。我们游得轻松，玩得快乐。

站在亭中，东南而望，茂密丛林里有花花绿绿撑开的伞，那是民宿。民宿颇具风情，正六面体建筑，每面都是玻璃的，反着光，映着景，虚虚实实。房顶是塑料的，呈伞状，红红，黄黄，蓝蓝……人类的智慧亮了自然的眼。

设若，夜幕降临，上灯了，屋内的灯光穿透玻璃墙，将夜点亮。彩灯环绕屋顶，或明或暗，与星空嬉戏。人在屋里看星星，星星在空中看房屋。人间，天上，如梦如幻。

晨光熹微，鸟儿在屋顶唱起欢快的歌，歌声脆响，惊醒了人，惊醒了山村，惊落一帘晨雾。雾，落入山，落入林，落入"嘤嘤""啾啾"的鸟鸣声里……太阳起来了，追着山，追着林，追着雾……雾散了，散成霞，散成绮，散向天际。人间哉，仙境哉。

离开民宿，迈向下山的路。山路依傍山溪，溪水潺潺，在人工牵引下，流成梯床。床上卧着睡莲，莲叶油光可鉴，含苞的花

135

像眼睛，一目，一目，闪烁着娇嗔。溪的两岸，青树翠蔓，蒙络摇缀。野花，一棵，一簇，一片，疏疏密密，伸颈侧目，看着山溪，看着山溪里的自己，羞红了脸。

竹树掩映，金屋藏娇。这儿，那儿，藏着芍药。芍药在光的怂恿下，时不时撩拨着游人的眼。她丰满娇艳，有牡丹的雍容，有蔷薇的野性，是花之女侠，征服了身边的一切。比芍药更能俘虏我心的是野茶，一树，两树……嫩头攒动。我从小生长在大山里，与野茶有着不解之缘。野茶比庄稼地里的茶采期迟，映山红花开烂漫的时节，我们便放下书包，背起竹篓进山采野茶。野茶树少，茶头稀，找到一棵，恨不得连树采下……几十年过去了，我常常梦见在山里采茶。梦醒后，怅然若失。尽管常回老家，或错过了采茶的季节，或停留时间短暂，一直没能圆梦。面对一树野茶，像面对故人，我伸出颤抖的双手……双手在茶树上穿插，却没采下一枚茶叶。激动中，陌兮呼我："金姐，看这儿。"我一回头，她正在为我拍照。

陌兮是我在笔会上认识的朋友，诗人。她本人就是一首诗，清新，浪漫，富有激情。我俩常在微信里聊天，也相约出游，总是定不下时间。今天，梦幻乡村把我俩约到了一起，真的像梦。

站在山脚下，回望梦幻乡村，依依不舍。梦幻乡村没有奇山，没有异水，也没有壮观，却叫人留恋。何也？它还原了生活，还原了记忆，还原了梦……其实，喧嚣的城市，被氧化的不单是环境，还有我们的情感。由此，我想到了这次出行，一家人自驾，简简单单，岂不是情感的一次还原？

# 枇杷花开

今日立春，一年里最好的时令。出门走走，让心透透气。

外面也是这般冷清，小区像散了场的剧院，空寂无声。马路兀自横着，偶尔有一两辆车驶过，车与车之间的留白，足以补叙一部长篇。

树丫指向天空，蓬头垢面，树干上的疤痕，像人的嘴巴，张着，它也诅咒寒冬吗？

路边的草黄巴巴地伏在地上，有的草头已被行人踩入了泥土。"律回岁晚冰霜少，春到人间草木知"，已立春了，树与草还没收到春的消息，它们与春的联系被阻隔了。谁如此残忍呢？

走了好长一段路，没遇见一个人。想起辛翁的词"春已归来，看美人头上，袅袅春幡"，这样争妍斗艳的春色，这个春天怕是难遇了。我走在灰色里，灰色走进我心里。

意兴阑珊，欲转身，抬眼处绿叶丛中点点粉嫩在阳光下闪耀着，跳动着，挑逗着我的眼……

我疾步上前，一棵倒地的枇杷树开花了。一簇簇蕾，一簇簇

137

花，在绿叶间嬉笑，笑声聚焦了光，晃着我的眼。绿叶肥大厚实，参差错落，填满了树枝间的空隙。枝丫披拂，像一面大扇子，把树干扇进了绿叶里。明艳的花、圆润的蕾散落在绿色的扇面上，把枇杷树装点成了张开翅膀的孔雀，春意融融。

"我在开花！"它们嚷嚷；"我在开花！"它们在笑。

瞧，花儿有的吐蕊含馨，有的娇羞待放，一束束，一团团，粉白，驼黄……这儿，那儿，闪动着，明媚着，把春天点亮。

花儿玩起了美艳接龙，一朵挨着一朵，接连向上，开成了树，开成了塔。花朵酷似山茶，花瓣粉白色，是将落未落的雨滴，弧线圆滑，柔嫩滋润。五片花瓣微张、微颤，把丝状的花蕊宠得楚楚可人。

花蕾攒成团，缀成棒，落成珠……每一个花蕾都盛满生命的琼浆，圆鼓着，青涩着，表面有浅浅的茸毛，像一枚驼色的小橄榄，又像一个忍俊不禁的笑容。

这棵枇杷树原本在十字路口立着，迎送八方过客。去年夏天，道路改造，施工的铁锹、铲车，挖断了树的须根，铲走了树根部的沃土，树也被推倒在地，根裸露着，泥土覆在枝丫上，凌乱的叶子卷曲着……"吱——吱"，我听到枇杷树在危难中呻吟。

每次路过，我都为枇杷树祈祷，祈祷秋天，祈祷一场秋雨。

秋天来了，枇杷树却雪上加霜。近两个月没下一滴雨，枇杷树露在外面的须根枯死了，被好事者折断，扔在一旁。我痛心、落泪，以为再也看不到枇杷树的生机了。可是，熬过秋冬，枇杷树竟花满枝头，灿若孔雀开屏。

没有赏花的人，没有伴唱的鸟，枇杷花就这么热闹地开着，芬芳着。沁人的清香浸润了我的心房，化解了 20 多天来积压在心头的恐慌与焦虑。

人类和自然一样，都会遭遇这样那样的灾难，但生命是顽强的，生命的长河是无止境的。

"嘤——嘤"，不知从哪飞来一只小蜜蜂，伏在花朵上。"嘤嘤——嗡嗡"吟唱着："东园载酒西园醉，摘尽枇杷一树金。"

我陶醉了，闭上眼，树上仿佛满是金黄的枇杷。

立春，春在枝头，春在路上……

# 蟹 爪 兰

　　推开家门，南面阳台一团嫣红扑入我的眼帘，心喜。我顾不得换鞋，踮着脚直奔阳台。万点嫣红扮葱绿，一盆花开一盆春。我伸出手想捧它入怀，却不敢触及。绿中带紫的茎，嫩嫩的，扁扁的，一节连着一节，仿佛稍一触碰就伤了其筋骨。含苞的、吐蕊的，你不让我，我不让你，争妍斗艳。有的像一粒红豆，镶嵌在茎的截面，矜持而又灵巧，似在窥视着未知的世界；有的像一枚红色的玉簪，光滑润泽，簪在茎的头顶，茎便有了几分优雅；有的像一个娇羞的少女，红唇皓齿，挑逗着茎，挑逗着我的眼。叶形的花瓣，薄如蝉翼，红如朱砂，一片一片，依在花托上眺望，眺望成一朵精神饱满的花。花丝细如牛毛，白如葱根，一根根自由地呼吸着。精气凝成针尖儿状的花粉，一粒一粒，装饰着花朵。花柱紫色，一枝独秀，被花丝宠着，尽显阴柔之美。

　　去年夏天，我上完形体课，太阳正在头顶，火辣辣的。我怕晒黑了脸，努力将头往下低。这时，我看到了一个比我晒得更惨的生命——躺在路上的两节蟹爪兰。它体内的水分似蒸发干了，蔫蔫的。一种怜悯涌上心头，它也是生命，生命都有活着的权利，我不能见死不救。俯下身，见其身上留有自行车轮胎的齿纹，分明是受自行车碾轧过，它还有救吗？我捡起，用手指掐下一点皮，手指感到了生命的存在，欣喜。我将它轻轻地握在手心，塞进了包里，一路小跑回到家，把它安插在盆里，浇足水，放入室内。半天过去了，它仍蔫着。晚上，我又将它搬到露台，一夜的露水滋润，它精神抖擞地立起来了，生命的鲜活给了我莫大的慰藉。它活了，一天天地生长着。可是，在茉莉、月季、幸福树中，它却显得那样单薄，三四节扁平的茎杆在盆中，既缺阳刚，又乏阴柔，从上到下，一身的不自信。看着它，我仿佛看到了年少的自己。

那年，我8岁，和我一样大的小伙伴都去上学了，父母没有5角钱送我上学。我跟在小伙伴身后，偷偷溜进教室，躲在课桌下。我没有书，也没有身份，在教室里，在小伙伴之间是一种多余……我端起蟹爪兰，放到阳光充足的地方，鼓励它好好地活。蟹爪兰没有辜负我，两个月过去，它由四节长到了五节，根部还发出两片幼茎，我喜出望外，相信它会开花。然而，10月过去了，11月过去了，它仍灰头土脸，好像从未考虑过我的期盼。

小年，我清扫阳台，发现蟹爪兰竟做了"美甲"，茎的截面被点上了玫红，娇俏可怜。心乐。我赶忙把它端入室内。娇小的花骨朵在温室里一天天饱满，成了玫红的玉簪，煞是好看。新年的早晨，玉簪成了一朵朵玉兰。蟹爪兰有灵性，知冷暖，把她生命中最美的时刻给了我的新年。心感动。

春天来了，蟹爪兰跟着春一起长，昼吮阳光，夜吸甘露，像二八少女，一下子丰满起来，把花盆掩得严严实实。渐渐地，我偏爱起它来，小小的露台成了它的独享。"蛾眉曾有人妒"，风怀着嫉妒，深夜偷袭，将蟹爪兰连同花盆一起掀翻在地，盆烂了，蟹爪兰被埋在了土里。我小心翼翼地将它刨出来，它已腰折、腿断、手损……不成样子了。心痛。缚线接骨，把伤残的蟹爪兰又插入盆里，精心照料着，不求它开花，但求它活命。它活了，一个夏季的调养，它拔节，吐幼，初秋又是一盆葱绿。

深秋，我去宁夏，赶7:50的班机，走得匆匆，忘了端露台上的蟹爪兰。一星期后回来，蟹爪兰已面目全非了。楼上装潢，竟把铲除的墙灰从阳台往下倒，灰尘和着露水把蟹爪兰整个儿裱糊了，一片片扁茎像一张张灰色的袼褙。我欲哭无泪，把它浸在水里，用毛刷、棉球为它一点点清洗，剔除残茎。它一下子瘦了，瘦了许多。心疼。我的蟹爪兰今年不会开花了。

入冬，嫂嫂打电话给我，说家里养的蜜蜂起蜜了，让我回家尝新鲜的蜜。天天喝新鲜的蜜，乐不思蜀，一住就是一个月。天气骤然降温，我担心起阳台上的花花草草，打道回府。谁知，我一进家，蟹爪兰却花开如春。

端起蟹爪兰，放在实木花架上，我端详良久，思绪万千。

今年初春，因疫情，长时间在家隔离，焦虑，压抑，身与心都扛不住了。5月初，我住进了医院，手术。出院不久，又闻小哥患了癌症。我情绪低落。一位好友有事联系我，我顺便把这一切告诉了对方，对方轻描淡写道："好好休养。"便不再多言。生命脆弱，友情苍白。我的意志和热情彻底被摧垮了。

夜里，我睡不着觉，听窗外雨声簌簌，起身，依窗，凝望。雨密密地织着，织成无边无际的帘，帘中的一切与我隔膜着，树、草还是那般苍翠，雨落在手上却是凉的。季节的老，不是时间界定的，也不是肉眼能看见的。犹如一个人的老，看到的是一缕白发，一丝皱纹，看不到的是突然发生的事，是倏忽改变的心境……

早晨吃饭，胃口不好，目光便落在一瓶花上，那是侄女寄来的千代兰。聪明的侄女见我一两个月都没发朋友圈了，知道我的异常，又不好多问，便寄来了贴心的问候。紫色的千代兰，没有叶子衬托，没有香气渲染，就那么开着，说不上张扬，也说不上矜持，每一朵都是一只振翅的蝶，那姿态，那神情都像奔着一场花事。她不知道自己根已断，时日不多了吗？我起身，轻轻托起一穗花，颜色上面浅，下面深，它的生命在沉淀，沉淀成深深浅浅的紫，沉淀成兰的高雅。心软。走向阳台，蟹爪兰绿意盈盈，绿中又带着微紫，彰显着旺盛的生命。肆虐的风伤了它的皮肉，没能摧毁它的心。千代兰，蟹爪兰，它们的活法是对蕙质兰心的新解。心悟。回房，把电脑搬到床头，躺在床上，我敲起了键盘……

前天，一位朋友告诉我：梅患了癌症。我心一阵绞痛，两天来，焦虑不安，不知道怎样开口安慰她。此时，我知道了，明天去看她，带上这盆蟹爪兰，蟹爪兰会慢慢对她说……

143

# 杨　　花

　　凌晨，忽然听见嘈嘈切切的"琵琶声"，惊喜。随即坐起，侧耳倾听，是雨。下雨了。"嘈嘈切切""哗哗啦啦"，雨由小到大，由缓到疾了，大有荡涤一切尘埃之势，包括杨絮。我甚是开心。

　　春末，绿丰红腴。穿一款心仪的春装，撑一把紫色镶着蕾丝边的小伞，漫步于柳荫下、湖岸边，浪漫，优雅。一年的好时光，尽在这人间四月天了。

　　杨花偏偏明目张胆，飘飘洒洒，持续一两周。本也无可厚非，生命给予了它张扬的权利嘛。只是我，敏感度极高，皮肤过敏，鼻腔过敏。杨花亲吻，吻犯了我的鼻炎，吻红了我的脸颊……我不敢出门，白白辜负了四月天。想到韩愈的"杨花榆荚无才思，惟解漫天作雪飞"，我更为纳闷，这么一个不解风情的家伙，诗人偏偏赞扬它不藏拙，增春色。我看它是不知收敛，肆意妄为。烦。于是，盼着下雨。

　　愿望的实现，使我受到莫大的鼓舞，我从床上跳到地上，赤脚走到窗前，掀起帘子……眼前是密织的雨幕，一条条闪亮的银线斜织着。在雨的编织中，高楼模糊了身影，马路扭曲了线条，树丛慌乱了手脚……我的心，有说不出的欢喜。依窗远眺，目光落在杨树上，落在杨树下的草丛里。

眯眼，定睛，瞠目……草丛里干干净净，叫人看到泥土的肌肤。杨花不见了。我的目光像被魔力锁住了，锁在碧绿的树上，碧绿渐渐放大，成堤，成坪，成原……一个清新葱绿的世界向我走来。我匆忙穿衣，出门，去拥抱我想要的世界。

雨停了，路上斑斑驳驳，我本能地停住脚步，怕带起飞絮。瞬间，哑然，阳光从树叶间漏下，像杨絮，但不似杨絮轻盈、多情。任凭你脚步匆匆，它也不为所动，更不会缠着你。光阴是无情的。蓦地，我对杨絮有了些好感，期盼蓦然回首，杨絮却在。目光在杨树下寻觅，冷冷清清。仰面树上，绿叶浓密，觅不到飞雪的踪影，心酸酸的。"不恨此花飞尽，恨西园，落红难缀。"杨絮飞走了，春飞走了。

忽而，想起了小思，她在《蝉》中写道："近月来窗外的蝉更知知不休的使事忙的人听了很烦。""斜阳里，想起秋风的颜色，就宽恕了那烦人的聒噪！"她讨厌蝉，讨厌它的吱吱不休。当她得知有的蝉在地下等了 17 年，才等来一夏的吱吱，便宽恕了它。

我不知杨花等了多长时间，才等来生命的舞动。我只晓得她的生命短暂，短暂得不过半月。她却以自己独特的方式，释放着生命的热情，展示着生命的华丽，诠释着生命的大爱。

想到这，眼前又出现了杨絮，一朵朵、一卷卷、一团团，飘在空中，落在树下，藏在草丛……飘，落，藏，是她曼妙的舞姿。

145

伴着这曼妙的舞姿，一定有一首轻松、舒缓、颇具禅意的乐曲在响……浮躁的我却忽视了。

《易经》上说，万事万物都是阴阳转化的。杨絮融入泥土里，身体归阴了，它的灵魂一定会归阳，萌动，延续，再生。龚自珍笔下的"落红"，一定包含了杨花。

杨絮如此，人岂例外？我想到了我的小妹，五岁就结束了生命的小妹。她生在贫困的农家，不知琴棋书画，没见过笔墨纸砚，却懂事、知礼。小小的她懂得心疼妈妈，为妈妈晒衣，晒鞋，倒茶，端水……一天，她见妈妈的鞋子脏了，便偷偷为妈妈洗。五岁的她身小胳膊短，为了舀井水，栽在了井里……五岁的生命归阴了。我的小妹，如一片杨花。

泪水模糊了双眼。模糊中，我又见小妹花枝招展，又见杨花漫天飞舞……

# 落　　叶

　　站在窗前，云雾迷蒙，看不见远方的天。近处是初冬的雨，如水浸过的纱，若在聚光灯下，也许能看清丝丝缕缕。树在冬雨中瑟瑟发抖，叶子片片落下。是树要抖落黄叶邀来了风，还是风要借黄叶显威侵袭了树呢？我不知。

　　树的顶部几近光秃，叶子稀稀疏疏，不均匀地挂在枝上，像受惊的孩子，东张西望。

　　树腰间的叶子密一些，像搅匀的鸡蛋，滴入滚热的油里，点点、圈圈，黄灿灿的，泛着光。它是这棵树、这个午后、这个初冬最温暖的一抹光亮。

　　再往下，叶子密而绿，仿佛要挡住我的视线，不让我看清树干的脸。在这属于冬的时光里，这抹色彩倒显得不伦不类。

　　这棵初冬的树让我明白了：老是从头开始的。

　　忽而，记起了故乡，记起了童年，记起了童年的初冬……一两夜霜过后，山黄了。一年快过去了，下一学期的学费、书本费还没有着落。星期天，我和几个年龄相仿的小伙伴，背着竹篓，带着麻袋，光着脚丫，朝着泛着金黄的山坡奔着、笑着……仿佛那些黄叶已被捋进了竹篓，装进了麻袋，进而成了我们渴望的本子、铅笔，甚至发间那朵闪动的蝴蝶结。那些曾经带给我憧憬、欢快的树，多年不见了，它也如眼前的树，从头慢慢老，慢慢黄，慢慢落下一片一片叶子吗？我忽略了。这些年，我忽略的又岂止一棵树呢？

雾渐渐淡去，淡去。风却大了，树顶那稀稀疏疏的黄叶，摇着，摇着，就落下了，落下了。黄叶堆积，满地憔悴。想起周作人评价废名文章的句子："如一湾溪水，遇到一片草叶，都要抚摸一下，然后再汩汩向前流去。"废名远了，那带着欢快，带着体温的溪水也远了，唤谁给这伤心的落叶一个抚摸呢？

心涩涩的，像眼前的雾气，要滴下水来。慢慢移动玻璃门，不忍让自己的眼睛与落叶这般相隔。

我静静地看着落叶，桃花吐蕊、燕子呢喃的时候，每一片都是树之骄叶吧？它们拼命吮吸阳光，养精蓄锐……第一声蝉鸣，叶子便回报树以绿荫，为树避风、挡雨、吸尘……月亮亏了又盈，盈了又亏。时光带走了它的旺盛，它衰了、黄了，于是，风起了……

黄叶片片随风而起，旋转，落下……落红有情，大树无意，任风肆意地狂卷，落叶像失魂落魄的孩子，惊恐着，逃散着，最后跌落在地……气息堵塞在喉："人生只似风前絮，欢也零星，悲也零星，都作连江点点萍。"心头那缕雾化作水，滴了下来……

我从小喜欢叶黄，叶落。叶黄了，落了，收获的季节到了，可以有一段长长的时间不愁饥饿；可以上山捡橡栗，捋树叶，卖出橡栗、树叶，揣回来年的希望；可以一天一天扳着指头数日子，过年就近了……长大了，读了"风径学花飞上下，夜窗疑雨洒东西。满阶不听家僮扫，拟把新诗逐片题"，落叶成了我眼中的活泼，成了美。每到叶落的季节，我总要带着学生行走在树林里，沐浴落叶雨，踏步黄金毯；捡一片落叶，拾一份诗意，藏一份浪漫。再后来，喜欢起龚自珍的"落红不是无情物，化作春泥更护花"，落叶成了我心中无私、崇高的象征，我时时勉励自己做一片落叶，把青葱留给树，把红颜留给根。现在呵，我似一片落叶"翻飞未肯下，犹言惜故林"，临近退休，纵有千般留恋，又奈时间何？树不留，风摧之，无限感慨萦心际……

转身欲去，只见树头的又一片黄叶离开了枝头，带着"嚓——嚓"的声音，像童年的我朝着黄灿灿的山坡，飘着，飘着，挤进了我的窗户，落在一盆从未开放的昙花上。碧绿肥厚的叶子，受宠若惊，微微一颤，便接纳了落叶，也接纳了我的目光。碧绿肥厚的叶子在放大，放大……落叶在变小，变小……小如弹丸，弹丸又微微膨胀，像待放的花蕾。我仿佛看到了落叶的每一个细胞里都有一个新的生命在萌发，萌发，萌发成一朵别样的花……

刹那间，似有一缕幽香在肥厚碧绿的叶间浮动……

哦，落叶不止化作春泥。

# 天　籁

窗外鸟鸣脆，惊醒梦中人。鸟，不知何时聚集到我的窗台，叽叽喳喳闹翻了，那个喋喋不休的劲儿，非把我叫起来不可。

无奈。起身，走近窗，掀开窗帘，一只鸟也不见。"咕——咕""叽——叽""啾——啾"，鸟是躲在绿叶中偷乐呢。

我捡起花盆中的一颗鹅卵石，正要向树头掷去，"啾——啾——叽"，手中的石头随声滑下。我的心被这清脆又微带奶气的声音俘虏了，进而沉浸其中。树上，这儿那儿，时而此起彼伏，时而和鸣。像是有无数双手拂过琴键：纤细柔弱的，有力刚劲的；敲击，滑过，摁下……"百啭千声随意移，山花红紫树高低"。

"知——知"，"咕——咕"，一只鸟啼鸣，声音浑厚，气定神清，好像传达着什么信息。随即"叽——叽""啾——啾""喳——喳"，一群鸟闹开了。它们是得到了喜讯，欢呼起来，声音从这儿响到那儿。

此时，我眼前闪过一个画面，一群坐着的孩子，唰地一下站起，迅速跑向教室外。"下课——"让他们欢呼雀跃，他们脚板带起的灰尘，让老师也屏住了呼吸。于是这儿一撮，那儿一撮，叽叽喳喳，乐开了。这是我和我的小伙伴 40 多年前的下课剪影……

"噢——喔"，听，一只鸟用高亢的声音呼唤着，一群鸟闻声齐鸣"叽——叽""啾——啾"，连蹦带跳，瞬间又安静无声。它们一定是听到了什么，屏声静气，瞪着惊奇的眼睛寻找秘密。沉寂片刻，"哎——吆吆吆"，一声激起千鸟鸣，树上又是一片欢腾。

多变的鸟鸣声把我带到了遥远的村庄，村庄背靠青山，面朝绿竹，左携古井，右牵池塘。一伙光着脚丫的孩子，正在门前的池塘边玩老鹰捉小鸡的游戏。突然，从场地的一端跑来一个小伙伴，在"老鹰"的耳边说了一句悄悄话，"老鹰"放弃"小鸡"，撒腿就跑。"母鸡""小鸡"也一起跟着跑，跑到邻居阿婆家门前停下。"老鹰"和"鸡"伸颈侧目，原来，阿婆家的姑姑带着女儿回来了。"老鹰"和"鸡"都惊喜不已，又害羞得不敢上前。你推我，我推你，小手抓着衣襟，目光不时地瞟着客人。

一会儿工夫，"鸡"群开始骚动，你撞我，我撞你，于是大家都会心地笑了——笑声中，便有一人大胆地走过去，拉住小女孩的手，往"鸡"群里钻，"鸡"们又叽叽喳喳散开了……

多么自然的情态，多么悦耳的声音。可惜，现在已难得一见了。现在的孩子见得多，社会的发展，带来了文明，又带走了多少纯真与美好啊。

鸟儿们仍在树上呼朋引伴，欢快地做着游戏，无拘无束……"叽——叽""咕——咕""啾——啾"——天籁声声。

# 惊　　蛰

橙色的云浮在头顶，晨曦躲在它的背后，云便有了透明的趣味。橙色的内部早已织好了淡紫色的衬里，一阵风来，云向四周扩散，散成一片。云的外表和衬里贴在了一起，是橙，非橙；是紫，非紫。煞是好看。云向下飘，飘着，飘着，飘到了我的眼前。我伸手，它向上；我收手，它向下。我急得跳起来抓……醒了。

近一年多来，我常做类似的梦。暗是亮的影子，梦是醒的影子。是醒着的我虚无缥缈，还是我从未醒过呢？心像打碎的瓷器，溅向四面八方，想聚拢，缺了这块，少了那片……

窗外传来一两声鸟鸣，声音分明受了挫折，从鼻腔中发出。我知道天阴了。晴朗的日子，鸟声是响脆的。

出门，一股凉风夹着潮湿扑着我的面。我打了个哆嗦，乍暖还寒。天微眯着眼，暧昧着，怀着满腹的心思，欲说还休。

不自觉地向公园走。日日走的路，今天却变得如此陌生。天空被楼房挤成一条缝，雾裹着迷茫从缝隙中漏下，漏在我的额上，眼睑上。于是，眼前迷茫，心里迷茫。路旁的小草，许是受了树的委屈，脸上挂满了泪，生出一副可怜样。树高高的，每一根枝丫都奔着梦长。它们或许没在意小草。路东的"G城"（小区化名）在晨雾中静穆着，浑身上下透着不动声色的奢华。紫砂色的欧式建筑，200平方米以上的复式户型，端庄大气。钢质镂空的院墙，一人高低，使得院内与院外似隔非隔，路人居住的梦便由孔而入，落在了院子里面。院墙上张贴着宣传画——梅兰芳的贵妃醉酒剧照。意思明了："G城"是楼盘中的精品，是有身份、有地位者的居住标配。是的，它得天独厚，是经济开发区地盘中的珠宝。东携商业中心中环城，南邻生态翡翠湖，西傍健身娱乐公园……它布局合理，设施齐全。小区内，亭台轩榭，香花满径；假山池沼，鱼翔浅底；咖啡厅格调高雅，游泳馆彰显生命的活力。"G城"就是个梦。梦里有笑，有泪，有解不开的谜。

漫步到翡翠湖。没有阳光，湖格外安静，像月子中的女人，面容温润而光洁；又像硕大的浴盆，盛着春的灵动。我疑心有仙女坐浴，虽不见芳容，但仙气氤氲，浅浅地笼着。是天的梦落在了地上。湖中倒映着楼宇，实体一般。近处的树、藤、草也钻进了湖里，或依楼而立，或缘宇攀爬，或浮在楼宇间嬉戏……它们在湖中汇聚，卿卿我我。

若夫云开月朗的夜晚，上灯了。岸上，灯火万家；湖里，万家灯火。清风徐来，湖中的楼房抛开了矜持稳重，扭动身姿，折腰于柳树。柳树拂动水袖，与楼若即若离。湖便上映着皮影戏，悲欢离合。湖岸的彩灯忽明忽暗，湖里的景致影影绰绰，扑朔迷离，海市蜃楼一般。环湖的楼房因了这湖，身价倍增；湖因了四周的楼，满身珠光宝气，直叫人爱到骨子里。

依湖而建的是"玫瑰园"，坐西北朝东南。由东南往西北依次是别墅、多层、高层。无论哪间房屋的主人，都能将翡翠湖尽收眼底。设想，晨起，凭栏远眺，看晨曦如纱，湖水粼粼；夜来，启窗揽月，听嫦娥低语，人间天上，玫瑰盛开……2012年小区开盘，也就几千元一平方米，可惜，囊中羞涩，买不起。现在已涨到几万元一平方米了，筑巢玫瑰园，于我，只能是梦中梦了。

但居住其中的人多半并不图这里的环境，他们图的是房子的身份——学区房。有的家庭倾其所有，购买房子，购买孩子上名校的资格。孩子毕业了，房子就转让了，于是，这里的房子多半三年一易其主。滑稽中圆梦几人？

曾在养生馆遇到一位女士，她眉目间透着书卷气，只是眼神黯然，有几分抑郁。谈话中得知是老乡。问起她的工作单位，她的回答令我惊讶。她已辞职两年了，陪儿子读书，就住在玫瑰园小区，还说急等孩子毕业，卖房还债。问及孩子的学习情况，她暗淡的眼里噙满了泪花，只是摇头……听养生馆养生师说，她原是一家企业高管，儿子上初中了，便当了全职妈妈，全职负责儿子的学习、生活。儿子成绩不理想，她精神崩溃，身体也随之出现不适，常常来养生馆调理。我为其叹息。像她一样筑梦的人又有多少呢？

"轰——隆——"打雷了。声音闷而沉，仿佛怨气淤积良久，终于爆发一般。我虽受了一惊，却心生欢喜。毕竟是牛年的第一声雷鸣。"嘀嗒！"手机响了。点开手机，文友发了两句诗："震蛰虫蛇出，惊枯草木开。"真佩服文友的迅雷反应。这是白居易的诗，意思是雷声震动，使得蛰虫出没，枯草开始发芽。滑屏到日历：3 月 5 号，惊蛰。这雷便是名副其实的惊雷了。

天闻惊雷，喜极而泣。泪水落在湖上，湖面冒着无数的泡泡，那是鱼儿在歌唱，把欢喜相传……泪水落在泥土上，溅起一个个笑窝，浅浅深深，连成一体，是蚯蚓蜿蜒，是虫蚁伸着懒腰……泪水落在绿色的植被上，植被如酵母，嗞嗞发酵……嗞嗞声中，植被渐渐绿，渐渐厚，渐渐向四周伸延，伸延出诗，伸延成远方……

想到诗和远方，我害怕起来。虫蚁深眠时，如果做梦，梦的一定是春雷，是春天，是自由地呼吸……它们的诗如此切近，我的诗是那般遥远。心下起了雨。

我俯下身子，贴近大地。大地如生命的丰乳，温存着我的灵魂。"籁——籁"，我听到了大地的声音：孩子，不是每一个笔端都能流淌出诗，不是每一双脚都能抵达远方。

惊蛰，虫蚁醒了，我醒了……

脚下有乾坤

# 野 菊 花

布置完作业，嗓子疼得咽口水都困难了。我知道自己扛不过去了，要看医生。

雨，还是激情澎湃地下着。我疑心是天公换筛子时打了盹，该用筛面的，却用了筛米的。因此，雨便成了柱，密密麻麻地竖在空中。我钻进了雨林。

从上课的地方到医院，要过三个十字路口。

不知是我踩上了雨点，还是雨和上了我的步伐，脚下的水声与伞顶的雨声形成了节奏明快的舞曲。对，是快四。

和雨一起舞的，除了我，还有两旁绿化带中的植物。它们是雨的舞伴，也是我的舞伴。我欣赏着它们的舞姿。树，时而昂头，时而挺胸，时而扭腰……虽不优美，倒也颇有律动感。草，停下舞蹈，练起了瑜伽，身体向一个方向俯下，一秒，两秒，三秒……

雨帘晃着我的眼，眼花了，有棕黄的光圈在眼前跳动。我停下，闭眼，睁开。不是光圈，是花朵——棕黄色的花朵。

惊喜逼我奔它而去，驻足，原来是一朵悄然开放的菊花。深

159

褐色的枝秆上，几片青色的叶子边缘卷曲着，叶面上不均匀地分布着小孔，一定是被虫子啃食的。细弱的棕黄色花瓣攒在一起，叫人想到一群淡妆的娃娃舞蹈结束时的环形亮相。尽管娇小，但有着向外的无穷张力。这种菊花，大山里常见，是野菊。

大山里的野菊怎么来到了都市？我环视它的周围：有修剪如球的绿植，有婀娜多姿的紫薇，还有馥郁幽香的丹桂，就是寻不出第二株野菊。一种怜悯之情涌上心头：孤独的花！

我松开了伞，伸出十指，想温暖她。然而，手在空中僵住了。风雨中的野菊，纹丝不动，立着，立在树下，立在草旁，既没学着树舞蹈，也没跟着草俯身，就那么静静地立着，像是在思考，又像是在完成一种使命。

我缩回手，倒退几步，向医院走。

到了医院，找耳鼻喉科。横七竖八的标牌看着我，我却读不懂它们。就像路标，于我而言永远是陌生的。大概是职业缘故吧，我习惯平面记忆，哪个学生坐前排，哪个学生坐后排，扫一眼，就记住了。对于立体空间，我晕！明明指示牌上写着"耳鼻喉"，走近，却是"验光配镜"。我嘲讽自己，干脆给眼睛验验光，配副辨别方位的眼镜吧。

这时，又一点棕黄色的温暖映入我的眼帘。一个小女孩的胸前捧着一朵野菊花。这朵花，与我刚刚在路边看到的野菊一模一样。我走近小女孩，她穿着橙黄色的连衣裙，扎着两只羊角辫，粉嘟嘟的脸上笑盈盈的。她就是一朵绽放的娇小的花。我下意识地蹲下身，想亲亲她，脸部肌肉却紧张起来：小女孩，翻着白眼，晶体混浊……我的心针扎似的痛，脑海里蹦跳着一个词——残忍。世上还有比这更残忍的事吗？

小女孩把花移到眼前，小脑袋歪来晃去，分明是在欣赏手中的花。她能看到花的颜色和形状吗？我心疼地伸出手，托起她的小脸……"阿姨好！"小女孩甜蜜地叫着。我的心更痛了，上苍啊，为何要把不幸加给这么好的孩子?！"宝贝，你怎么知道我是阿姨？""您的手细腻柔软呀。我还知道您是一位善良的阿姨，因为您的声音很亲切。"我直起身，拥抱着她。

她将手中的花举起："阿姨，这朵花送给您。"我感动地接过花，小心翼翼地问："你知道这是什么花吗？""是野菊花。是我让妈妈为我采的。我听过野菊花的故事，它是最坚强勇敢的……"小女孩饶有兴致地说着，小脸笑成一朵花。

我忽而明白了路上看到的那朵野菊，面对风雨，纹丝不动，尽管孤独，还是绽放。她懂得，所谓命运，其实就是一种活法。

面前的小女孩，虽然双目失明，但她的心明亮着，用心看，用心体会，能看到花的美丽，能体会到人的善良。她的世界是黑暗的，又是光明的。

我离开了小女孩，一步一回头，她的身影在我眼中慢慢模糊，模糊成一朵野菊花……

# 她有错吗

"扑通!""咣当!"……唉,一大早,楼上又传来摔东西的声音。昨晚闹腾到11:00才歇。房主只看钱不看人,竟把房子租给这样爱折腾的人,不是要了楼下人的命吗?

"哗——啦!",没猜错的话,应该是弹子散落在地板。我的心脏处于极度紧张状态,不得不进行干预。

"咚!""咚!"门开了。"你?"我俩异口同声,都愣住了。

她是我在琴行遇见的买琴人。

昨天,路过××琴行,随意进去看看。琴行里的乐器琳琅满目,叫得出名字的,叫不出名字的,似目空一切,傲视着顾客,又似望眼欲穿,等待着主人。买乐器的人寥若晨星。也许,周一不是琴行的活动日吧。

我走向古筝,看看价位,想买一架练练手。一位女子正在和老板讨价。

"老板可否再让一让价?这架古筝的底板音孔不够光滑,面板也不够熨帖,很大程度上影响音质……"声音甜甜的,一听就知道是个懂琴的人。我心生欢喜，想今天来对了，遇到了行家，也学点乐器知识。

"美女，那么多好古筝，你不买，偏偏选处理品。你是要装门面呢，还是要买给孩子学琴？学琴是要求精准的。"老板的话冷冷的，带着鄙视。我有点激动，想上前理论。

"这个，我知道。"

"既然知道就不要图便宜。"

"可我……"女子欲言又止。

老板一脸的不屑，走开了。

我上下打量着她：30 岁出头，正是女性的黄金年龄。高挑的个子，水蛇腰。这身段，如配一袭长裙，真如仙女下凡。可她却着一身褪了色的家居服。她抚摸着面前的古筝，犹豫不决，见我盯着她，脸颊一下子涨红了……我本想请她为我挑选一架古筝，却开不了口了。

她也认出了我。"阿姨，您住楼下吗？"她面带歉意地说。我点了点头，没想到在琴行遇见的她竟然住在我的楼上。

"真是缘分，快进来坐坐。"她拉开门，把我让进屋。

我一眼看到了那架古筝，放在朝南的窗下。地板上一片狼藉：散落的弹子、缺胳膊断腿的玩具、碎纸片……墙角一个小孩，正在用手掰小汽车的方向盘，看样子是个男孩。他头上的头发像被践踏过的草坪，东一撮，西一撮，直竖竖的，身体干瘦，像只麻雀。我走近他，和蔼地说："宝贝，你多大了？我住在你家楼下，我们可以做朋友。"他没听见似的，毫不理睬。

"孩子先天性智障，不爱讲话。"女子边说边递过一杯水。我心里一阵难过，原来如此。"就医了吗？""跑了多家医院，效果不理想。"她无奈地摇着头。

我端详起孩子：五官端正，眉清目秀，除瘦小外，和正常孩子没有什么不同。我正疑虑，女子在一旁说："孩子安静的时候，看不出什么，但狂躁起来，乱摔东西，无名地喊叫，吵得左邻右舍不安。就为这，我只能不停地搬家。搬来这里才两天——阿姨，对不起。"女子语气无力，面带愧色。

我环视室内，除了古筝，就是一张桌子、两把椅子，门口一个鞋架，鞋架上的鞋只有两类：女人的，孩子的。

我很好奇："孩子父亲在外谋事吗？"她低下了头，一声不吭，像犯错的孩子。我似乎明白了，她一个貌如鲜花的姑娘，该有多少男子为之"寤寐求之""辗转反侧"……她咋就把自己给了始乱终弃的渣男呢？我心疼痛，走近古筝。

"阿姨，昨天让您见笑了。孩子到了上学的年龄，普通学校不接收，送到特教，又不忍心。音乐可以启迪智慧，我以前是教古筝的，想买架古筝，教孩子学琴，可我……"

她正说着，墙角的孩子又摔起小汽车。她抱起孩子放到古筝前的小椅子上，自己站在椅子背后，弯下腰，给孩子戴上古筝指甲，手把手，拨动起琴弦——孩子安静了，小手被妈妈握着，在古筝上拨动，声音很涩，涩到我的心里，我流下了泪……

窗外阳光正好，香樟花的清芬不时飘进来。香樟树花满枝头，淡黄的，明灿灿的。几只蜜蜂飞舞其间，我仿佛听见了它们"嘤嘤嗡嗡"的欢笑。

屋内古筝发出的声音呕哑啁哳，我的心隐隐作痛。蜜蜂采花授粉时，想到过对每一枚果子负责吗？

我悄悄出门，下了楼。

楼上仍有摔砸声、弹子落地声、弹古筝声……每每听到，我的脑海里就浮现出年轻妈妈的身影，浮现出她无奈、愧疚的样子。

她有错吗？

# 退　休

　　明天，我退休了。没有嗟叹恐惧，也不犹豫彷徨。生命诞生时的约定，容不得商量。

　　明天，我退休了。说不上开心，也不悲泣。有的只是深深的怀念，怀念 37 年的追梦旅程——1982 年 9 月 1 日，一个初秋的清晨，风还带着夏的余温，篱笆、田垄上已调出了秋的热情。稀稀拉拉的扁豆紫，得天独厚的南瓜黄，还有那飘忽不定的稻谷香，送 18 岁的我，到追梦的路上。好奇，兴奋。来不及想征程有无止境，只在乎路上的风景。赤橙黄绿青蓝紫：天真、纯朴、童心。只叫我把心相许，默默守护精灵——闪着人性之光的精灵！一花一世界，一叶一菩提。每一处风景，都是一颗晶莹的水晶，欣赏，呵护，用虔诚和细心；每一处风景，都是上苍赐予的璞玉，打磨，雕琢，用智慧和匠心；每一处风景，都是一个精彩的世界，走进，认识，用忠贞和爱心。呵护中懂得了责任，雕琢时磨炼了耐心。走进风景，陶冶情操，丰富生命。征途漫漫有穷，千春待华发，绵亘无垠。

　　明天，我退休了。说不上激动，也不失落。有的只是由衷的感恩。感恩命运，给了我 37 年的舞台。没有布景，没有镁光灯。三尺见方，舞出师者德馨。唱诗词歌赋，舞章回短篇。一招一式，传为人之道；一颦一笑，授生活之业；点额，描眉，画眼，解文字之惑，把母语的博大精深注入孩子的灵魂。没有鲜花，没有掌声。孩子的成长，是最好的功名。37 个春秋，学生来了又去，去了又来。我追梦的心呵，从未改变；37 个冬夏，斗转星移，芳华不再。霜染枫叶，雁鸣苍穹，岁月给了我：秋的从容淡定。告别舞台，我想说一声：孩子，你成就了我的梦想，谢谢！

明天，我退休了。说不上幸福，也不遗憾。有的只是庆幸，庆幸当初的选择，让我与书结下了一生的情缘。有字的，无字的。赋予我知识，教会我做人。从不知到知，收获的不仅仅是智慧，还有坚韧不拔的意志；从不会到会，收获的不仅仅是技能，还有满满的憧憬和自信。有字的书，读到无字；无字的书，读到有字。生活在其中充实，生命在其中升华。每一个学生，都是文字、语段、篇章。读懂这本书，不能凭已有的经验，也不能用信息手段。以浓浓的爱意，把心交换。爱与爱交织，生命悄悄变化——由懵懂到明白，由弱小到强大。改变孩子的认知，塑造孩子的灵魂，平凡的工作意义无价。心与心碰撞，每个文字都闪烁着火花——亮光中，走来天真无邪，温暖里，蕴含纯洁善良；心与心碰撞，每个语段都精彩，每个篇章都辉煌——阐释理解、包容，解答真诚、渴望。我的情感世界啊，从此一片汪洋！

哲人说，人生是一本书，悲哀的是书没有看完，夜已降临。我说，从业是一本书。此刻，书读完了，时值午后，光阴正好。

# 脸 与 手

　　一觉醒来，觉得眼角下痒痛痒痛的。赶紧起床，走到镜子前。原来，脸上长了颗脂肪痘。

　　我伸出手揉捏，希望把它消灭在萌芽中。揉捏揉捏，手和脸同时进入了我的视线，我惊呆了：我的脸竟然比手还老！这于我，犹如晴天霹雳！

　　慢慢平复惊悚的心，伸出另一只手放在下颌，仔细地看，仔细地瞧……数十载，每天无数次支使手为脸服务，从未将手与脸一视同仁。

　　手，虽不细腻，但很光滑，没有一个斑点，和我印象中的手没有两样；脸似微风掠过的黄河，涟漪层层，又似新手做的芝麻饼，芝麻一粒一粒不均匀地嵌着。酸楚、迟暮、不解，一起涌上心头。

　　我的手原本短、粗、硬，掌上满是老茧，这曾让人怀疑我的身份。

　　记得1980年五一放假，我没有钱买车票，就在通往家的路上拦货车。拦了一天，直到傍晚，才有一辆车在我面前停下。车厢里的人向我伸出手："小姑娘，快，快！我拉你。"我慌忙把手伸给他，脚蹬车厢板，向上一蹿，上了车。

这时，我才注意到，拉我的人40来岁，斜挎一只皮革包，肤色白皙，像个文化人。他也上下打量着我："小姑娘，你是哪儿人？来城里做什么？""我是磨子潭人，在师范学校读书。""你在师范学校读书？"他一脸迟疑，好像我骗了他似的。我急忙用手指了指胸前的校徽。"不，不，我不是那个意思。我是说你的手又硬又粗糙，怎么看都不像读书人的手。"

我伸出手，瞧一瞧，没觉得特别，只是没有班里女同学的手白细罢了。这双手就是我的手。

我兄妹八九人，家里困难，父亲又重男轻女。我七八岁时，母亲就撂给我一个挎篮，让我打猪菜，烀猪食。可是，我想上学呀。那时，学费虽然只要5毛钱，却没有人给。我就自己上山打山货：捡栎树果、果壳，打野香樟籽，捋树叶，采山茶，挖药草……手背被划裂、掌心被刺破是常有的事。1毛钱、2毛钱地攒，攒足5毛钱，我便甩掉挎篮，偷偷跑进了学校……

后来，我一直用这双手打山货，挣钱缴学费，完成小学到初中的学业，考上师范。这位文化人偏说我的手不是读书人的手，我一时不解，多少年后方才明白。

我的脸，一直没受过委屈。

大山里，日照时间短，空气湿润，无形中给皮肤补了水。山里女孩子的脸，张张细腻白皙，透着红润。

长大了，长成了女人，我也学着女同事用起了"雅霜"。27 岁那年，我同爱人一起进了城，见了很多新鲜事物，"凤凰胎盘膏"就是其中之一。见同事用凤凰胎盘膏，我很是好奇，一问价格，30 多元！破天荒的数字！我泄气了。但盒子上的广告深深印在我的脑海，诱惑我，唆使我，我咬了咬牙，将雅霜换成了凤凰胎盘膏。此后，我的护肤品由凤凰胎盘膏到雅芳到玉兰油到羽西……一路走高。

一次外出学习，课间，我和邻校的程老师出去散步，不经意拉住了她的手。她像被蜜蜂蜇了一般，一下子抽开手，又猛地双手伸到我面前，握住我的手："金老师，若不是今天握了你的手，我真相信他人说的——你在家养尊处优。"她说着又用手摩挲着我的掌心，"这么厚的老茧，这么硬的骨骼，哪是衣来伸手饭来张口的福太太？分明是家里的老妈子！"

原来，我的"豆腐干"常在地方周刊上亮相，有人就猜测我在家养尊处优，衣来伸手，饭来张口。其实，我写东西都在业余时间——工作之余，家务之余。

我的手为我正了名，我豁然开朗，那位文化人之所以说我的手不是读书人的手，也许出于这样的逻辑：读书人、写书人的手只拿书拿笔不拿事，当是柔软如柳条，白细如葱根。

我虽称不上读书人，但初中毕业上师范，师范毕业教书，也读过几本书；虽算不得写书人，但日积月累，也有二三十万字。我的手拿书，拿笔，也拿事。

我和爱人都是教师，20 世纪 90 年代初时月收入还不到 200

元。孩子出生了，添人添消费。微薄工资难以维持生活，只能"自己动手，丰衣足食"。为了节省开支，我自己给孩子做鞋、缝衣、织衫……物尽其用，大人穿旧的衣服，拆了，翻过来，给孩子做衣服。在裁缝店捡些边角料，给孩子做肚兜、枕头……我虽没从师学徒，但做出来的衣服有模有样，惹得邻居买来布料，央求我给他儿子做夹克衫。

后来，经济条件好了，衣服、鞋子都不用做了，毛衣也不用织了，儿子也上大学了。工作之余，我就动手写写文字，用心学学厨艺：切菜、配料、调味、烹制，道道用心，处处用手。在手的辛勤劳作下，我的文字见诸报端，我烧的菜被朋友誉为"金氏私房菜"。

想来，我还真的对不住我这双手，它们如此辛劳，我却很少犒劳它们，就连普通的大宝 SOD 蜜也不擦。倒不是我轻视手，实在是手太忙了。上班，课间 10 分钟，洗手尚来不及，何况护理呢？在家，洗衣、做饭、拖地板、养花弄草、铺床叠被、翻书写字……稍有闲暇，还要为脸服务：按摩，刮痧，敷面膜……

然而，经年累月，手却"春风不改旧时波"。何哉？它们如水，放下自身，不停运动；它们如绿叶，释放体能越多越茂盛葱郁。

脸呢？只知道天天端着，不接地气，恃宠而"娇"——抹粉、擦油、贴金……到头来落得个面目全非。

脸与手，让我想到了一些人、一些事……

# 脚下有乾坤

早起，我走进书房，点开轻音乐，铺好瑜伽垫，练"踮脚"。即两脚掌自由伸开，两脚跟并拢踮起（最好与地面成 45 度），落下。

这项运动是朋友告诉我的，说能减腹部赘肉。

伴着脚跟的一起一落，腹部肌肉做规律性抖动，多余的脂肪仿佛正被——抖去，心喜。

再踮起，再落下……持续十几分钟，垫子成了磁石，我的双脚成了铁块。我用尽全身力气，脚才勉强离开垫子，但瞬间又和垫子如胶似漆。坚持——我咬着牙，命令自己。可双腿酸得支撑不住身子，一个踉跄，我倒退几步。我怕摔倒，身体下意识地向前。这一刻，我惊呆了——垫子上竟印着美妙的图案：脚跟内侧形成的弧线，流畅地向外延伸，直至与脚边相交，成为一颗"心"。两颗"心"既相连，又相离，形成直角。最妙的是脚掌的宽度恰好与"心"的边缘相等，构成了正方形。正方形的四周是圆的"脚跟"和圆的"脚趾"。

　　我不敢相信自己的眼睛，准确地说，我不敢相信脚下竟有如此完美的方圆和谐图。我俯下身，双膝跪地，双手轻轻地贴在胸口，莫名的感动使我不能自已，泪水滴在了图案上……

　　造物主用心、用情、用意把美妙绝伦的艺术造在我们的脚下，我们该怎样感恩呢？

　　面对图案，我思绪万千：圆，道家通变、趋时的学问；方，儒家人格修养的理想境界。"智欲其圆道，行欲其方正。"方圆结合，寓意着道儒互补。黄炎培教育儿子道："和若春风，肃若秋霜，取象于钱，外圆内方。"想不到，象征无限玄机的方圆和谐图竟在我们的脚下。

　　带着新发现的感动，我又练起"踮脚"来。踮起，落下，每完成一次，我便将脚移出垫子，欣赏，膜拜。

　　几次三番，我发现：不是每一次都能出现方圆和谐图。只有当两脚跟用力相等，两脚掌自然摆开——既不过于张扬，又不刻意收敛，方可。否则，留下的脚印或模糊，或不成方圆。

　　垫子上脚印的变化让我想起毕淑敏老师的一句话："丈夫和妻子就像一个人的左脚和右脚，抬起落下，忙着走路。如果一只脚总是在原地站着，无论怎样小心，终将失去平衡倒下。"脚下方圆图不正是左脚和右脚起落一致的杰作吗？

　　天圆地方乃宇宙乾坤。脚下原本就有乾坤，可惜的是，许多人如我，或走路时间长了，忽略了左右脚的协调，摔了跤；或喜欢抬眼看前，昂头朝天，错过了脚下，错过了乾坤。

# 味蕾上的哲学

入夏以来，第一次买西瓜，我围着一车西瓜，挑了半天，才选中一个浑圆的青皮瓜。看一看瓜蒂，有稀疏的成熟纹；屈起四指敲一敲，"嘣——嘣"的，应该是个熟透的瓜。

一到家，我便忙不迭地洗瓜，切瓜。鲜红的瓤，亮黑的籽，令人垂涎三尺。切下一块，拿起，瞧它水生生、红通通的样儿，我不忍心张嘴，唯恐这滋润的美瞬间消失。但馋虫爬到了嘴边，痒痒的，我便闭上眼睛，张大嘴巴，一口咬下……不料，溢满口中的似潲水，再嚼一嚼，酸中带着苦涩。

我蒙了，这么好的瓜，为何不好吃？不免埋怨起瓜农，为了增产，什么新科技都用上了，坑害消费者。

收拾着西瓜，准备扔了。那缀着黑宝石的红润，着实叫人怜惜，便又削下一片，微微张嘴，小小一口，嘴里顿时有了新鲜的汁水，甜甜的；再咬一点嚼嚼，沙沙的，忒爽口。我怀疑起自己的味觉，盯着两片吃过的瓜，来回地看……原来，味蕾上的苦涩与甘甜，缘于深刻与肤浅。第一口太深刻了，苦涩；第二口肤浅点，甘甜。

"深刻"与"肤浅"是矛盾的统一体，有深刻就有肤浅，理应无褒贬之分。但在人们的意识中，"深刻"是褒义，"肤浅"是贬义。这点，我读四年级时就懂得了。

一次，我和班级一位女生打架，她的鼻子流血了。班主任让我写检查，认识错误，教育我要团结同学。我不敢违抗师命，但心里很是不服，谁叫她仗着老师的宠爱就在同学面前霸道呢！我思来想去，就在检查中写道："今后，我一定团结班上 10/11 的同学……"我很为这句得意，读时，故意放大嗓门。同学们都张着嘴巴看着我，也许弄不明白。班主任皱了皱眉，领会了：我班 22名同学，除了那位女生，除了我自己，只有 20 名了。10/11 的意思是秃子头上的虱子……于是，班主任把桌子一拍，训斥道："不像话！太肤浅了！重写！"那一刻，我便知道"肤浅"是贬义词。现在想来，我岂是肤浅，分明是太深刻了嘛。

"深刻"与"肤浅"孰褒孰贬？我想不能一言概之。认识领域，思想的深刻、研究的深入会推动科学、文化乃至人类进步，深刻好，圆周率小数点后的数字就是一例。生活中，肤浅也很必要，不仅是吃西瓜。

早晨起来，我站在窗前，一边拉伸，一边欣赏窗外的景，最为关注的是树。因居高临下，一棵棵树，一排排树都尽收眼底。我时而俯视，时而远眺，看到的景迥然不同。眼前的树，枝头稀稀拉拉，几片绿叶弱不禁风。远处的树已葱葱郁郁，一派成熟，以一种精神感召着我。我心中升起一种莫名的感动，有了追求深刻的欲望，便停下拉伸，匆匆下楼，直奔远处……结果，远处的树成了眼前的树，心中的感动瞬间消失，取而代之的是无尽的沮丧。

又想，童稚时，夏日，盼下雨，盼雨后的天空，盼天空的彩虹。由于肤浅，总以为天上出现一道彩虹，就有公主与王子走到一起……肤浅启迪着我幼小的心灵，向善，尚美；长大了，深刻了，彩虹竟成了枯燥无味的名词：光的折射。

晚上散步，路过书摊，偶尔停下来看看，野史类的书居多。这类书，随便翻翻，倒也能开心一刻；倘若静下心来细嚼慢咽，就可能倒胃口。一次，我买了本书，坐在床头，聚精会神，读着读着，不禁哑然，分明胡诌嘛。无独有偶，某部网络爱情小说中的两对青年男女之间的感情纠纷把我拽了进去，我废寝忘食……读完，掩卷深思，脑中一片空白，再究其语言，那真是筷头剔牙——太粗了。

闲时，我也爱重温旧书。《徐志摩散文》——年轻时读过，由于肤浅，竟把徐志摩视为小资作家，认为他的文字唯粉红爱情。而今细细读来，才懂得徐志摩的笔下不乏景，不乏情，也不乏哲理与人生。"聪明的人，喜欢猜心，也许猜对了别人的心，却也失去了自己的。""感情随着时间沉淀，感觉随着时间消失。""如果谎言是一种伤害，请选择沉默。"……这样的文字，怎一个"情"字了得。联系那个时代，便懂得想象与浪漫无疑是抵御精神毁灭的武器，相对那些用文字发牢骚、指桑骂槐的文人而言，徐志摩是真正的积极、乐观者。

读这类书，犹如掘井，越深刻，水质越好；读野史类书犹如赏桃花，只能走马观之，倘若为此驻足，摘一瓣，放在嘴里咀嚼，苦涩的本质便冲淡了娇艳的美貌，叫你留下深刻的遗憾。

吃瓜、读书如此，为人何如？

《论语·学而篇》道："巧言令色，鲜矣仁。"意思是花言巧语，装出和颜悦色的样子，这种人的仁心就很少了。想一想，身边还真不乏这种人。多年前，我调动工作，进了新单位，人生地不熟。这时，一位副校长出现了，她笑意盈盈，常到我办公室，嘘寒问暖，临走时都要补一句："安心工作，遇到困难，我会帮你解决的，相信我。"我感动不已，心默默地走近她，感激、敬佩，直至交心……一学期过去，她升为正校长，来办公室的次数少了。我工作遇到了困难，去请教她，她却盛气凌人，将我呵斥、指责……一时间，交出真心后的寒心，人格的受辱，我恨不得找个地洞钻了。怪谁呢？只能怪自己为人太"深刻"了。

也有一种人，不苟言笑，貌似冷酷，有拒人千里之嫌。人们常以"木讷""不通人性"称之。但这种人中也不乏有德之人。"刚毅木讷近仁"，沉默寡言，在孔夫子看来近乎仁德。与这种人相处，是不是该深刻呢？深刻了，走进了他的精神世界，才能感知其人格魅力。

吃瓜、读书、为人，看似毫不相关，其实，道理相通。吃瓜肤浅了，的确不经济，但吃瓜的目的不是为了经济。读书，是为了获取精神食粮，启迪灵魂、唤醒智慧是干粮，开心一刻也是豆包。与人相处，以求悦己悦人。我们如果能把握好味蕾上的哲学，让自己尝到的是甜头，看到的是彩虹，汲取的是优质水，岂不美哉？

# 让

朋友来家吃饭，说起孩子，一把鼻涕一把泪："他跟我们较劲，一点不让……""阿姨，您别难过。到了该让的时候，您儿子会让着您的。看我，现在不就让着我妈吗？"我朝儿子一瞟，他一脸的认真，不是在打趣。

你让着我？

早晨，你睡懒觉，我就得让着你：下床，猫步；上洗手间，猫步；下厨房，猫步……就连叫你起来吃饭也要猫步，轻推门，慢抬脚。发现你仍然熟睡，就守在你床前，一分一秒地数，担心你迟到。倘若不让着你，你便摔门而出，教训道："老妈，你还让不让人活了？"我起早贪黑地忙活，倒成了"杀手"。

晚上，你下班回来，吃过喝过，便对着电脑前的我嚷道："老妈，你玩半个小时了吧？快起来，不然看书又要流眼泪了。"瞧瞧，你用关心我的口气要我让着你。

有时，你下班不归，我还得让你。先是让出锻炼时间，等你回来吃饭，热了凉，凉了热……再是让出看电视的清闲，全神贯注，倾听门外的声音……最后要让出睡意，心随着你洗漱、抽烟、就寝……

从早到晚，我都得让着你。这还不算。你已二十有六，该谈婚论嫁了，眼看漂亮的女孩子都成了别人的儿媳，我心急如焚，试探着说："儿子，××女孩长得真甜……""打住！我现在还不想谈对象呢。"我话一露头，就被你掐了。我还得让着你："是啊，你还小。"

这是你让着我吗？

面对你，我就是一个"小媳妇"，处处让，事事让。在学生面前，偶尔自由一下，做一回自己，还得背上"母夜叉"的"美名"。

刚入初三，临考的阵势就出来了。黑板的右上方出现了"中考倒计时"，作息时间表下方出现了"晚自习"。孩子紧张，与课外读物不照面了。本该属于语文的时间都让给了数理化。我想劝说，又恐力不从心，便考他一考，想借分数说话。结果还真被我说中了：41人，只有15人及格。分数面前，我不能再让了，我要据"分数"力争，争取他们学语文的时间。于是，我走到班级，心一横，脸一沉，便放出话来了："看看你们的分数，还一个个埋头拼命的样子，母语都学不好了，你们还学啥？……"

你猜他们怎么着？"××老师年纪大了，我们应该理解"云云。其言外之意就是：老师，我们得让着你。

我冤枉不？我左让右让，稍有不慎，便落得骂名。我能怎么办？只有将所有的气收入丹田，静坐沉思，反复念叨"儿子，我，

179

学生""学生，我，儿子"……我们形成的三角，正代表着人与人的关系，"你，我，他"的关系。念叨着念叨着，便有了那么一点点领悟：我们每个人的潜意识中，都太自我了，都想"你""他"围着"我"转，而且百分之百服从，稍有改变，便觉得不自在，甚至感到受辱。

这一发现，使我对"你，我，他"有了兴趣。他——人也，你——人尔，人是万物之灵长。我们的祖先在造字的时候就刻意强调，尊重第二方、第三方。人不同于物，有思想，有情感。"我"做不到对"你""他"了如指掌，合情理；如硬要摆出了如指掌之态，为其把脉，开药方，或指点江山，就不合情理了。

母亲也好，老师也罢，爱孩子之心，日月可鉴。然，爱不代表理解，爱不等于完全了解对方的需要，爱的前提应该是尊重。"我"处处因爱而让，对方却浑然不知，但对方稍有不让，"我"就有了感觉，说一千道一万，还是一个"我"。

这也不奇怪。我，手持戈，防范意识极强，不允许第二者、第三者的侵犯。自我保护，"明哲保身"。每一个"我"都在实践造字用意。可是，手持戈，又意味着斗。"我"一出场，就有伤人的可能。祖先用心良苦，造了这么个字，是要告诫每一个"我"注意言行，控制欲望，以免伤害"你""他"，更不要看"你""他"赤手空拳就咄咄逼人，凡事都得让一让。

嘻，不怕你笑话，明白了这些，我一肚子怨气消失了，一阵窃喜。古人云："朝闻道，夕死可矣。"我虽年迈，尚能饭食，明白了"你""我""他"，也可谓不枉此生矣。

# 空

　　早起，走进书房，掀帘，拉窗。窗移动少许，一股冷气夺缝而入，我的手与臂顿时分离：一处于秋，一处于夏。不期而至的降温让我不知所措，慌乱中竟用力将窗子全部打开了。风，疯了，向我扑来，我本能地关上了窗……

　　这时，方看清窗外的世界：淡灰色的楼群，静穆着，楼群中三三两两亮着的灯，红肿着，像离人的眼。不远处的树东倒西歪，像醉了的汉子，又像受惊的小鹿，恐慌着……

　　我换鞋，拉伸。手触之处凉凉的。窗子一瞬间敞开，冷空气向书房席卷而来，一个季节储蓄的温度一下子被抢掠一空，旮旮旯旯，都寻不到夏的影子了。

　　想来一个多月，虽是秋季，却时时浸润在夏的激情中，那潮湿、燥热的夏黏糊糊地裹着秋，滋润着秋。尽管是不正常的气候，但毕竟实实在在，摸得着，看得见。

　　坐在地板上，失魂似的，莫名的伤感。练不了瑜伽了，便撑着地板站起来。

目光不自觉地又望向窗外：树还在一个劲地摇着，树顶上的叶子，不知是否被摇晕了，面色苍黄，翩翩扇动。它们是向路人求救，乞求路人给它们力量，留住夏吗？

扇动中，一片叶子落了下来，我的心一沉，昨天，它或许还在夏的爱恋中数着幸福，今天就面临着秋的凋零……际遇原来是风，给你温柔，也给你凛冽。可是，叶子太脆弱了，又怎能经受得了凛冽呢？片片落下……

我把目光投向远处，远处……疑心夏没走远，或许只是和秋嬉戏，藏着，藏着。远处，远处又是哪里呢？我无法追寻，拉回了目光。

转身去厨房烧水。拧开水龙头，水淋在我的手背，温温的，水的身上还有着夏的体温。原来水懂得爱，用铜墙铁壁保护着夏。装水通电，水壶也进入了秋，反应迟钝了，好久，才发出"呲呲"的声音，仿佛是谁在哭泣。

水开了，沏上一杯茶，静静地坐着。杯中的茶叶受了水的浸润，慵懒地将身子舒展，舒展，成蕾，成朵，成瓣，进而成了清晰的叶。伴着茶叶的渐变，水一点点由清亮变得微黄，融入了秋的血液。"空山夜雨，万籁无声"，心愈加悲凉……

"嘀嗒！"手机响了。文友推荐美文：《人生最高的享受是寂寞》。我点开文章，庄子正襟危坐，教化道："夫虚静恬淡寂寞无为者，万物之本也。"夏的骤然离去，是要给秋一份恬淡，让秋更好地感悟生命，认识自己吗？

我疑虑着，手机又响了。《眼眸山海花落尽，心底苍穹梦飘零》，美文于我是应心了。我满怀期待，欲在文中找到夏的去处。文章是秋的颜色，淡灰色的，清冷。诗意的感伤让我泪眼婆娑："所谓生活，就是你要习惯任何人的忽冷忽热，也要看淡任何人的渐行渐远……"

反复咀嚼，区区几十个字，是否要一生才能领会呢？

屋内越来越暗，偎依窗前，路上的车子一辆挨着一辆，天晚了，远处模糊了。

夏，走远了——

夏没有错，错的是我们。我们还没习惯季节的冷或热，还没看淡它的渐行渐远……

# 抬眼望到美

秋分一过,白天是一天短似一天。早晨去公园晨练,5:20 了,天还不大亮。顺着路边慢跑,有桂花香气袭来,阵阵浓郁。依香寻花,很快看到了灰蒙中的闪亮——桂花。黄灿灿的。心喜。

贪恋花香,脚步慢了下来,呼吸的频率倒是提高了许多。"哎哟!"脚下踩到一枚硬东西,差点崴了脚。原来是一枚银杏果,已被我踩烂。果皮黏糊糊的,粘在了地上,果在皮中间,叫人想到银杏果骨肉分离时的状态——从凸起的地方向四周剥下。

本能地一抬头,惊讶!树上满是银杏果,沉甸甸的。一阵秋风起,"咚、咚、咚……"冰雹一般。

银杏果黄黄的,没有光泽,像树上的叶子,失去了水分,失去了血色,憔悴着,几乎和叶子融为一体,分不出哪是叶,哪是果。我每天晨练都从这棵银杏树下经过,却不知这棵银杏结了果,且如此之多。银杏果伴着银杏叶一同青,一同黄,我便忽略了。它不像苹果、柿子,红红的,老远老远挑逗着人。

我习惯叫银杏果为白果,"白"与"百"同音。老家的人们一

184

直这么叫。我叫了大半辈子，今天才悟出其名的由来——果子结得多。银杏也许只追求果实的多，而不在意果实的艳吧。

银杏果，有很好的保健功效，能促进血液循环，预防冠心病，增强记忆力，延长细胞寿命。这么富有价值的果实，却没有引人注目的色彩。何也？它是把所有的精华都收敛成营养了。

我不禁想起了一件事。一次，爱人到广州出差，买回了四个黑乎乎的东西，形似手雷，表皮粗糙，摸着像冬天的树皮。我拿起一个，凑到鼻前嗅一嗅，没有水果应有的甜香。我断定他在水果摊上捡了个便宜，糊弄我，便随手扔进了垃圾桶。

时隔一两天，他注视着我的脸："呵，你这两天，年轻了许多，一定是牛油果的功效吧？"牛油果，好陌生的名字。我想到被自己扔进垃圾桶的黑乎乎的"手雷"，迫不及待地上网搜索：牛油果是颇受女性欢迎的水果，主要功效抗氧，抗衰老……瞬间，我的眼珠不动了。

牛油果因为外表的另类，被我扔进了垃圾桶；银杏果因和叶子太和谐而被我忽略……我错过了多少有价值的东西呢？一直标榜自己审美品位高，现在看来，自己有多浅薄。

其实，只对外表观照，算不得审美。生活中的美，需要亲口品尝，需要抬眼细看。

# 不止梅花

天气骤然降温，连被窝里的温度也在下降。我努力地把身体蜷缩："讨厌这鬼天气。"身旁的他说："不是你讨厌，都讨厌。""不对，有一样东西不讨厌——梅花。'梅花欢喜漫天雪''梅花香自苦寒来''有梅无雪不精神'。"我一口气说完，他看着我，我看着他，都不再说话。半天，他冒出一句："为自己的偷换概念无语吧。"

我是无语，对自己的"一样东西"无语。世界如此大，万物如此多，我才知多少呢？凭诗文中的点滴，对事物妄下断论岂不无语？不说世界，只说身边。喜欢这种鬼天气的东西很多，并非只有梅花。不说羽绒服、皮大衣，就说很小的手套、围巾吧。憋屈在柜中屉中，很久没有见过光了，它们早就盼着降温，盼着与主人亲热，盼着看外面的世界……你如懂得万物，此时，你一定听得见它们小心脏的跳动。温度下降，冰箱、冷柜工作时间也随之缩短。你想，如果五天工作日缩短成四天，你会不欢喜吗？

我的"一样东西"乃一叶障目，绝对化了。

想来，生活中语言绝对化、观念绝对化的现象还真不少。譬

186

如某一人说自己喜欢独处。但再安静的人,兴奋的时刻,也可能不愿独处,而是渴望与人分享,至少是与另一个人分享。这里的"喜欢"就绝对化了。谈到夫妻信任度,就有"我俩之间没有任何秘密"之说。我想,这里的绝对化是不言而喻的。心理上偶尔产生的渴望、厌恶,不值得对对方说,或值得说却没机会,抑或有了机会却忘记了。但渴望、厌恶必定是存在过的,事物存在了,他人不知,就是秘密。

再想,绝对化成人居多,孩子甚少。说白了就是自我意识和经验主义。我的观点就是一切,书上得来就是真理,非白即黑。而生活中很多人、很多事是非白非黑的。如果一定要用黑白来界定,岂不委屈了许多?

我做了半辈子教师,生活圈子很小。就这很小的圈子里,绝对化现象也很普遍。"师者,传道授业解惑矣。"这里的"传道授业解惑"应该是模糊概念吧。但评价教师的人或机构有时偏偏要绝对化,绝对到数字、小数点甚至小数点后面的两位数。教师本应崇尚德高身正,修炼自身。但在绝对化面前不得不信奉运气,遇到好学生,就能遇到成功的自己。

教师受害,学生亦然。记得,我们学生时代,评价一个学生的依据是"身体好,学习好,品德好",进而评价内涵又丰富成"德智体美劳"。奇怪的是,到了今天,评价一个学生常常绝对到只看分数。一个孩子如果没有这方面的天赋,即便再努力,也看不到成功的自己,久而久之,信心丧失殆尽。

可见,绝对化毁灭的不只是观念,还有人。

气温骤降,欢喜的不止梅花。

# 看　花

　　风向着雨，伞便无可奈何。刚出门，伞就被风掀翻了。伞翻脸的一瞬，眼前一亮。东南墙脚，虬枝间零零星星的黄，晶莹润湿，是雨的眼睛，点亮了赭色的墙壁。走近，有暗香浮动，蜡梅。梅依墙而生，粗细不一的梅枝像从墙壁里长出，或随意，或刻板，酷似画家走笔。枝条上的枯叶微颤着，仿佛一闭眼，就落了。花朵零星，似没睡好的眼，眼睑沉沉地垂着，叫人想看到那孕育芳香的瞳子。轻轻托起一朵，凑上去……我断定，蜡梅此时也注视着我，那袭人的幽香是她火辣辣的目光。刹那间，我真切地领会了一个词语——受宠若惊。蜡梅应是开了多日，我确也天天路过这里，我没有看见梅，是梅不愿看我。此时，不是我看见了梅，是梅临幸了我。

　　忽而，脑海里浮现出繁花盛开，人头攒动的场景，那是赶花会。我赶了很多场花会，今儿在大脑里搜索，却没有一朵花的印象。想起宋词里的句子"着意闻时不肯香，香在无心处"，那些赶花的人们，也许如我，为花而看花，未必能看到真的花。

　　我生在大山里，大山里最不缺的就是花。春天，杜鹃满山；秋天，菊花遍野。我走在花里，却看不见花。杜鹃嫣红时，青黄不接。我眼里的杜鹃花，是能充饥的食物。我常和小伙伴上山，将杜鹃连枝折下，抽去花丝。花丝是不吃的，大人说杜鹃花的花丝吃了，会烂鼻子。一把把杜鹃花揉进嘴里，晒着太阳，那感觉，像后来的初恋，温暖，甜蜜。

　　我先天多病，不能和小伙伴们一样野。常常一个人在门前的小路上，挖草根，捡石子……春天来了，就坐在田埂上，看一田的紫云英。那时，我叫它红花草，人们都这么叫。红花草油绿绿的叶子，紫色的小花，满眼，满田，一半开在阳光里，一半开在大山的影子里。于是，深深浅浅，深深浅浅地眨着眼睛，像夜空里的星星。风来了，它们伸颈侧目，羞答答地合上了花瓣。我疑心紫云英长大是要嫁给风的，邻家嫂子没过门时，一见哥哥就是这个样子。现在，邻家嫂子嫁过来了。她梳着两根乌黑的大辫子，辫梢上系着一撮毛线，紫红的。她到河边洗衣，经过我身旁，辫子一甩一甩的，那紫红的毛线球晃着我的眼。我总不自觉地伸手摸一摸自己的头，摸到的头发，稀稀拉拉。我不甘心，随手采一把紫云英，顺手拽几根草，将其扎住，扎成花球，顶在头上。这时，满田的紫云英都朝我笑，我也笑了，笑得前俯后仰，仰倒在田里，无数双细软的手托着我，我的心一下子满满的。长大了，读到有关紫云英的诗句"沽得梅花三白酒，轻衫醉卧紫荷田"，谭公醉的不是酒，是紫云英。在欢快的诗句里，我读出了莫名的无奈与惆怅。少时，我眼里的紫云英是心中渴盼的友情和爱。

看花是花，大概是豆蔻之年，在堂姐的闺房。堂姐有一双丹
凤眼，一头自来卷的头发。老人说，头发自来卷的人命好，可堂
姐的命并不好。她10岁时得了癫痫病，聪明活泼的她一下子傻了。
发起病来全身抽搐，口吐白沫。不发病时，也很少说话，安安静
静的，或倚门而坐，或侍弄着花花草草。她侍弄最多的是凤仙花。
如看到她脸上挂着笑，那一定是凤仙花开了。凤仙花一开，堂姐
就快活起来，她摘下一朵朵凤仙花，小心翼翼地剔去花叶，放进
小巧的木臼里，再添加一两颗明矾，满心欢喜地捣。喜悦合着捣
的节拍从她的眉宇间流出，流过鼻翼，流至嘴角，她嘴角微微上
扬……不一会儿，凤仙花和着明矾成了泥。堂姐用小勺子将花泥
一一挑起，敷在指甲上，用布裹紧。一天一夜后，指甲就变红了。
我总是第一个看到堂姐红指甲的人，每每都是我帮她的手指拆线
松绑。或许因为这，堂姐喜欢我，处处护着我。一次，伙伴们玩
骑马的游戏。大家都不愿当马，便将一旁的我拉去当马。四五个
人轮换骑在我背上，我敢怒，不敢言，一任汗水伴着泪水流……
堂姐看到了，瞪圆了丹凤眼，冲上来，推翻我背上的"主子"，把
我搂进怀里。

早春的一个周末，我正在做作业，她兴冲冲地跑到我跟前，
脸上挂满了笑。不容分说，拉着我的手就跑，把我拉进她的闺房。
她闺房的窗台上摆着两瓶插花，一瓶暗红，一瓶雅白，都是兰花。
原来堂姐上山采兰花了。我伸手捧起雅白的一瓶，看看花，又看
看堂姐。堂姐笑盈盈地点着头，意思是将花送我了。兰花将舒未
舒，花瓣像手指，似扣非扣，成了罩，罩着花舌。我用鼻子去吻

花，浅浅一吻，清香丝丝，钻进我的鼻腔，直入大脑，大脑像进了风，清凉凉的。"姐，你在哪采来这么香的花？"堂姐腼腆含蓄起来：头微低，身稍侧，舌头一伸，瞬间卷回……这一刻，我怔住了：堂姐微卷的刘海，白皙的鹅蛋脸，红润的舌头……整个儿像一枚绽放的兰花。我抱紧瓶子，抱住了堂姐。

再大些，我到外地上学了，离开了堂姐。每到春天，我总会想起兰花，想起堂姐。可是，1989 年的春天，堂姐上山采花，癫痫病发，不再醒来。她爱花，与花同眠……

如今，爱花的人多了，为了不辜负爱花的人们，花儿便以节日的盛装馈赠。我赶过樱花节，赴过牡丹会，奔过菊花展……看花时，为花而醉；醒来时，却怅惘无限。何也？大概是我爱花不同于堂姐吧。

雨顺着梅枝流进我的衣袖，我打了个寒战，将伞撑起……眼前的蜡梅一下子失去了颜色。蓦然间，有凉水流过脊背。我一直没看见梅花，或许，有一把无形的伞遮住了我的眼睛；或许，梅在光天下，我在伞罩中，彼此隔膜了；或许……唉，我错过了多少风景呢？

再次抛开伞。不远处，茶花怒放，望春花已俏立枝头……梅在春色边，枝疏落，叶憔悴，朵零星。一半是落寞，一半是孤傲。

# 酝　酿

朋友盛情送了两箱葡萄。一开箱，清甜扑鼻。甚喜。提起一串，颗大，粒圆，色鲜。挤挤挨挨，满眼的珠光。遂摘下清洗。入口生津，舌甜，喉爽，肺润。窥镜，顿觉气色清朗。又提起一串，犹豫了。超标的体重提醒我——眼前的爱物是糖衣裹着的炮弹。

犹豫间，箱子里的葡萄用姿色挑逗着我。我欲罢不能。咋办？送人？不妥，怎能把朋友的情意送了呢。这时，酒柜里的葡萄酒对我挤眉弄眼。办法有了，酿酒。于是，将所有葡萄浸于食用碱水中。30分钟后捞起，冲洗，沥水。戴上一次性手套，摘下葡萄，放入玻璃罐，加适量的白糖。反复攥捏，直至颗粒成泥。封口，盖盖，放置阴凉处。

第一次酿酒，亦如第一次怀孕。喜悦、憧憬一起闯入怀里，安静不得。我时不时盯着玻璃罐。确也神奇，玻璃罐里的葡萄泥有如胚芽，萌动着，一个翻转，便生出一串泡泡。开盖，倾听，有蚕食桑叶的沙沙声，那是小小的酒生命在生长。我的心涟漪层层，漾着喜悦。

192

一天，两天……罐中的葡萄泥渐渐稀释。两周过去，葡萄泥分为了水陆两层。上面的"陆地"厚厚的，严冬已至，一片灰蒙。下面的"海洋"似注入了颜料，又似咖啡色丝帛裹着太阳。过滤了的柔和，光照后的透明。酒色诱人。我迫不及待地打开罐盖，用长柄木勺掀了"陆地"，舀起"海水"，送往嘴里。舌尖舔到的一刹那，蒙了。苦涩，淡薄。将勺子移到眼前，勺中的液体失去了颜色，且十分浑浊。这是酒吗？我怀疑起自己的酿造方法，悻悻打开百度。"……60—80天方可饮用。"原来，酝酿未满期。我如此心急，只怕折损了酒的生命。

懊悔自责中，想起了母亲。母亲做的酒酿，是当地出了名的。记得腊八一过，母亲就开始做米酒。她把蒸好的糯米饭盛在瓦盆里，拌入酒曲，再用旧棉衣将盆紧紧包裹，放在僻静的地方。再三叮嘱我们兄妹，不要碰酿酒的盆。

正月，来了拜年的客人，母亲便用米酒招待客人。她轻轻为瓦盆脱去棉衣，手触碰盆的一刹那，紧闭双眼，祈祷似的。继而，一下子揭开盆盖。浓郁的酒香扑着我们的面。我伸颈注目，盆里的糯米饭成了絮状，不再是满满的一盆，而是沿着盆壁凹陷，凹陷成絮状的"锅"，"锅"里盛着清汪汪的米酒。米酒香甜弥漫，甜了整整一个年。我一直认为母亲省酒待客，才不允许我们碰米酒。今天才知道酝酿需要安静，需要时间，需要一颗虔诚的心。我心血来潮要酿酒，却不知酝酿之真意。

想来，苏公是懂得酝酿的。"诗书与我为曲蘖，酝酿老夫成搢绅。"这其中的酝酿岂止是简单的发酵，分明是一种修炼：潜心，琢磨，感染……酿出豪放，自成一家。可见，酝酿是难能可贵的品行。

古书有载，韩国一名叫黄喜的相国微服私访。路过一片农田，坐下来休息。瞧见农夫驾着两头牛正在耕地，便问农夫，你这两头牛哪一头更棒呢？农夫没有马上回答。他在酝酿，实话实说，会不会伤了牛的面子，损了牛的自信呢？酝酿一番，他决定沉默不言。等耕到地头，牛到一边吃草了，农夫俯在黄喜的耳边，低声细气地说，告诉你吧，边上那头牛更好些……酝酿，生出了美德。

农夫的俯身细说让我想到了教育、教师。很长一段时间里，我国教育界普遍存在学生成绩排名的做法，并美其名曰：创造学习竞争氛围、培养学生竞争意识、提高学生社会竞争力。持有这种观念的教育者，不说其不懂法律，侵犯了学生的诸多权利，至少是缺乏酝酿品行的人。好在这一偏颇得到了纠正。

然而，信息社会，人们习惯了"闪付""秒杀"，因而不自觉地疏远了"酝酿"。凡事经验化，模式化，程序化。可是生活偏偏是鲜活的。

"太阳像个大火球从天边冉冉升起"，画面鲜活，壮观，催人向上。可是，时过境迁，随着时间的推移，境况会发生变化。同理，境过景异，随着处境的不同，眼前的景象也自然不同。每当批改作文，看到"太阳像个大火球"之类的语句，心里总是一阵悲哀。

试想，我们生存在钢筋混凝土的夹缝里，看到的朝阳是从两座楼间升起的，一半夹在楼间，一半露出楼顶。或像橘色的大蘑菇，或像孩子手中的积木。当它完全升上楼顶，光芒刺眼，失去了火的颜色，也失去了火的亲和。与火球相差甚远。没有酝酿，就没有鲜活的文字。

想起《醉翁亭记》开篇之句"环滁皆山也"。一个"环"字穷尽了滁州的风貌——四面是山。山是摇篮，州是婴儿。滁州之灵秀与作者之安然便和盘托出。这样的文字又是怎样的一番酝酿所得呢？感佩古人字斟句酌。

前不久，老家来人说，家门前的小河改为漂流游乐场所，正式对外开放了。我听了心如针扎，无限伤痛，似失去了亲人。门前的河流承载了我童年所有的欢乐：捕虾，摸鱼，学着水鸟扑腾，骑着牛蹚水……河水有多长，我的笑声就有多远。我也常对着河水发呆，它这么欢快地流着，要流到哪里呢？好奇心促使我向往外面的世界，暗下决心，要跟着河流走。一步，一步，我走出了大山……小河是我生命中不能复制的存在。如今，她成了漂流场所，我上哪去抚摸乡愁呢？

伤痛中，我想到了福建厦门为一棵百年榕树让道的事。福建乌石浦花园安置房施工区域内有五株榕树，平均树龄超过300年，郁郁葱葱、蜿蜒相连，占地面积很大。斫，还是留？该项目负责人柯紫良陷入了沉思，他和他的团队整整酝酿了两个月，最终确定为古榕树"圈地造盆"。自此，乌石浦有了闻名遐迩的"古榕树公园"。柯紫良用哲思酝酿，酿出了格局，酿出了情怀，酿出了"天地与我并生，万物与我为一"的境界。

　　隔着万水千山，我听到了门前小河的呜咽，心悲戚。她咋就没遇到柯紫良呢？

　　我轻轻放下长柄勺，拧紧玻璃罐盖。双手合十，放在胸前，许下一个心愿……

# 石

雨，赋它一个"梅"字，便多情起来，眷恋着人间烟火，一住就是三五天，絮絮叨叨。家里的物什被絮叨得柔了心，溢出泪来……装饰柜里影影绰绰，童话一般，让人生出许多想象。握着抹布的手贴近童话，"啪嗒——"童话碎了一地，溅起心疼点点，落在裂成两半的石上。

石心有花纹，淡淡的，像宣纸上的清水洇印。想起青禾老师的诗"坚硬的内核深处，偶尔窝藏几片三月的风"，纹是风的唇印，还是石的泪痕？

年轻时，听一位专家讲课，他讲到理想，说：石头与星星根本的差别是距离。飞上天的是星星，跪在地上的永远是石头。我颇为震撼，有飞上天的冲动。今天想来，暗自好笑，做一枚石有什么不好呢？

石虽不能发光，但价值不可估量。没有它，女娲纵有千般魔力也不能补天；精卫无论多勤敏，都不能把海填平。石成全了女娲，成全了精卫，成全了苍天大地。单凭这点，石也够骄傲了。

石还是忠贞爱情的象征。旅游胜地，多有"望夫石"。涂山的望夫石最为感人，传说涂山氏生下儿子启时，禹正从家门经过，听见婴儿的哭声，怕因感情耽误了治水，狠心没进去探望，一去不回……涂山氏思念丈夫，日夜向着丈夫远去的方向眺望，望穿秋水，日复一日，年复一年，精诚所至，化作一块望夫石。一望，望了4000多年。

老家有句俗语：摸着石头过河。在山区，有多少座山，就有多少条河。有河的地方不一定有桥，但一定有石。人们出门，不是爬山，就是蹚河，踩着石头过河，石头被踩出坑坑洼洼。洪水时，水淹没了石，人们便摸着石头过河。摸着石头过河的那一刻，是把自己的身家性命交付于石了。

我就读的小学，与家隔着一座山、一条河。夏天的一个周末，放学了，我和小伙伴在校园做游戏，玩疯了，忘了回家。风好像和我们藏猫猫，倏地一下跑出来，撞得我们东倒西歪。树，也被撞得披头散发……我慌了，抓起书包就跑……谁知，我跑不过雨，雨早早跑到河里，河水漫过了岸。我站在岸边，寻找石墩，不见。只见河心开出花来，一朵，一朵，一直开到对岸……突然，一个炸雷，吓我一跳。四周黑了下来，雨、雾都往这边压，仿佛要将我压下河里，我哇哇大哭……

恐惧中，听到有人叫我的名字……我回头，看到老师向我跑来。她身体瘦小，拉着我，一步步蹚着水，过了河。老师成了我过河的石头。

其实，帮着我过河的不止老师，亲人、学生、朋友都是我生命河流中的石，我摸着石头过河，虽没抵达梦的彼岸，但看到了彼岸的风景。

我喜欢石，喜欢含有石的诗词。"明月松间照，清泉石上流。""山高月小，水落石出。""乱石穿空，惊涛拍岸，卷起千堆雪。"……石成就了诗的动静美、哲理美、壮观美。

尤其喜欢白居易《莲石》中的句子"青石一两片，白莲三四枝"，闭上眼睛想，一方不规则的池塘，四周环树，池水清幽，一两片青石，或立，或倾，一半浸在水里，一半露在空中；莲呢，茎亭亭，叶田田，花洁白。石与莲，刚柔相向，顾盼生姿，生出高雅与傲骨。冬去春来，经年累月，诗人与之相伴，吸纳石的忠贞、莲的高洁，该滋养出怎样的精气神呢？

想起中国当代古诗词著名学者叶嘉莹先生，叶先生乳名为荷，号迦陵。她是一株倚石绽放的荷。她年轻时，适逢战乱，颠沛流离，漂洋过海，寄居国外……但她心中的莲花始终盛开——为祖国，为古典诗词。她说："我的莲花总会凋落，可是我要把莲子留下来。"先生耄耋之年，毅然决然地回到祖国，到北大、复旦讲授古典诗词，担任南开大学中华古典文化研究所所长，并先后为南开大学教育基金会捐赠 3568 万元，设立"迦陵基金"，支持中国传统文化研究。

"荷花凋尽我来迟，莲实有心应不死。人生易老梦偏痴，千春犹待发华滋。"叶先生吸纳了莲的高洁、石的忠贞，滋养着中华诗词的精气，千春华发。

看着地板上的石，她心房袒露，心房上的花纹渐渐明晰，明晰成一朵绽放的莲。我似有所悟……

2016年暑假，我们一行6人到青海，因合肥到青海没有直达班机，便从兰州中转。到兰州住下，已是傍晚。有人提议到中山桥上看黄河，大家欣然同意。

桥头处，人头攒动，我挤进，伸头，见地上一堆石头。有色彩的，没色彩的，一枚枚精神着。我一眼便看中一颗肉红色、鹅蛋大小的石头。俯下身子，把石于手，凉润，光滑。端详，见石上有浅灰色的细纹，纹如藕丝。藕丝兴许因了多情的风，留下了娇柔错落……心喜之。欣赏一番，又放回原处。石是玉的前身，玉与人讲究缘分，石也不例外吧。《韩非子·和氏篇》中的厉王、武王断了卞和的左足、右足，失去和氏璧，背负千古骂名，就因与玉无缘。这枚石如与我有缘，是不会被别人买走的。待我游玩返回，它若还在，我自买下。

由于贪恋夕阳下的黄河，返回时，暮色已浓。桥头，人影散乱，我直奔卖石处，石已寥寥无几，那枚鹅蛋大小、肉红色的石仍在。霓虹灯下，石通体长上了眼睛，顾盼兮，巧笑兮，似在等待我。我喜出望外……

这枚石，或许真的与我有缘，等我千年，只为一朝袒露心迹，让我开悟：做一枚石——一枚心放莲花的石。